AF429205

Diario de un demonio

E. Ehrendost

Diario de un demonio

Editorial Alastor

Ehrendost, E.
    Diario de un demonio
    1ª ed. - Buenos Aires: Editorial Alastor, 2024
    184 p.; 19,84 x 12,85 cm.

    ISBN 978-987-26668-6-6

    1. Mitos   2. Ocultismo   I. Título
    CDD A860

Diseño: E. M. B.

Ilustración de cubierta:
    Sorgen (La pena)
    de Theodor Kittelsen (1857-1914)

Prólogo

Which way I fly is hell; myself am hell;
And in the lowest deep a lower deep
Still threat'ning to devour me opens wide.

John Milton. *Paradise Lost.*

[«A donde vaya es el Infierno; yo mismo soy el Infierno;
y en lo más profundo una profundidad aún mayor
se abre ampliamente, amenazando con devorarme.»]

Como muchos ya habrán adivinado incluso antes de tomar la poco sensata decisión de posar sus ojos sobre estas páginas indudablemente perniciosas para la salud espiritual del hombre, esta obra pertenece al infame género del *found footage*. Lo que encontrarán a continuación los escasos intrépidos que se atrevan a proseguir con la lectura no es más, así pues, que una cuidadosa transcripción de los estremecedores contenidos de un manuscrito de rojos caracteres que fue hallado entre las decrépitas ruinas de un antiguo monasterio.

¿Quién fue el autor de las espeluznantes blasfemias que aquí nos atrevemos por fin a presentar al público? Nadie lo sabría decir con certeza, y el escrito ofrece demasiadas incongruencias como para que sea sencillo deducirlo. Algunos defienden la enloquecedora tesis de que su artífice fue, en efecto, un demonio, pues sólo de tal manera podrían explicarse muchos de los terribles conocimientos extraterrenales vertidos con lujo de detalles en la obra, además del uso de una prosa tan barroca, arcaizante, sobreadjetivada e ilegible; pero hay muchos que, en defensa de su cordura, prefieren sostener que el autor fue alguien avergonzado de ser un humano, tal vez un loco que, víctima de una extraña monomanía, se creía genuinamente un ángel caído, o acaso un misántropo esquizoide que decidió, embriagado de soledad, tomar una pluma para entrar en guerra abierta con el mundo entero.

¿A qué demonio se supone que perteneció el manuscrito, cuál fue su nombre, cuál su rango? Resulta completamente imposible elucidarlo a través de la lectura: por momentos todo indica que el autor es el mismo Lucifer, pero en ocasiones parece ser un diablo menor condenado al destierro en la superficie terrestre por haber cometido un crimen que resultó inadmisible aun en el mismo Infierno. Según algunos eruditos demonólogos, este ser habría tenido, a causa de su naturaleza orgullosa, la inefable osadía de rebelarse contra Satán, como antaño contra Dios, y por ello habría experimentado una segunda caída: de ángel a demonio primero, y de demonio a humano después, obligado a mimetizarse entre los hombres y vagar por la Tierra; aunque no faltan quienes aseveran que no se habría tratado de un demonio menor sino de uno de los principales jerarcas del Averno, si es que no del mismo Satán, que, cansado ya del trono y de las fastidiosas obligaciones del mando, habría cometido la locura de rebelarse contra sí mismo.

Pero, por supuesto, todas estas no son más que especulaciones sin sustento alguno. Resulta, a decir verdad, imposible conocer la génesis de estas crónicas o alcanzar siquiera una mínima certeza. ¿Quién fue el autor del diario? No lo sabemos. ¿Qué clase de ser fue? No lo sabemos. ¿Con qué propósito escribió su manuscrito? No lo sabemos. ¿Es verdaderamente una bitácora infernal que narra hechos verídicos, o sólo es una ociosa colección de poemas en prosa? No lo sabemos. ¿Y qué sabemos? Nada, pero invitamos al lector a extraer sus propias conclusiones, si es que la lectura de este odioso compendio de crímenes no aniquila antes su alma y fulmina su razón.

Las estrofas que, divididas en tres libros, componen esta obra no parecen seguir ningún tipo de orden cronológico o establecido, de modo que se presentan aquí en la misma forma caprichosa y azarosa en la que fueron halladas. Tampoco se ha alterado el estilo arcaico del texto de manera alguna ni se han aligerado en nada sus cargadas adjetivaciones, que sin duda pondrán nerviosos a quienes aman someter la literatura a las prosaicas leyes del periodismo. En suma, el lector podrá acceder aquí a esta abominable colección de memorias en su forma original.

Algunos dirán que las tintas de este libro están cargadas de veneno; otros manifestarán cierta aprensión a sondear la profundidad de sus infaustas palabras; no faltarán quienes sostengan que todas sus páginas deberían ser quemadas en purificador holocausto; y hasta quizás alguien musite, no sin acierto, que su escritura ha sido infinitamente más criminal que un asesinato, puesto que este último se ensaña en la carne del hombre antes que en su alma. Pero, mientras las tinieblas sigan rodando lentamente por sobre la circunferencia de este mundo, huyendo con horror de los agobiados ojos del insomne sol, y la incomunicación y el aislamiento sigan haciendo estragos entre los individuos y arrastrando a muchos de ellos a la autodestrucción, las pasmosas lecciones que brotan de las frases aquí contenidas encontrarán, indefectiblemente, un seguro refugio en algún cerebro solitario, por siempre perdido en las cavilosas márgenes del negro silencio.

Libro I

Crucificado por el pasado

uando el furibundo sol, de ufana mirada, profana e invade el sagrado relicario de mis ojos dormidos, mi alma, alejándose en una frágil barca del embotado y neblinoso reino de los sueños, comienza a pensar mientras se abre dificultoso paso por entre las airadas amonestaciones que mi ánimo, conturbado por la repentina interrupción de su reposo, le antepone. Llega así el pleno uso de mi funesto raciocinio a tomar posesión activa de todos los resortes de mi mente, los cuales reanudan su movimiento, momentáneamente interrumpido en la bien ganada ociosidad vacacional del turismo onírico, para dar inicio una vez más a mi eterna agonía, la agonía que sufre todo aquel que es rehén involuntario del poco provechoso sadismo de un cerebro que cavila en demasía. ¡Ah, antiguo elixir del no-ser, amado desde antaño por los hombres, desconocido entre los espíritus astrales!, ¿por qué debes alejarte de mis sentidos y renovar así el tormento de la desgarradora conciencia de mí mismo y el flagelo de la percepción de mi inconsumible pesar? ¿Por qué ese sol, insensatamente adorado en el pasado por alboreantes tribus que vieron oportunamente borradas sus innecesarias existencias, debe destruir de este modo lo que alguna vez, en la paz del sueño, en la embriaguez del olvido, nos es mostrado? Pues sí, ya lo oís: el olvido, el olvido es lo que más busco y añoro; pero en ningún otro lado más que en la fugacidad del reposo he podido yo hallarlo. Lo he buscado en el viaje, entre los peligros del mar embravecido y de las costas distantes; lo he buscado en la naturaleza, entre la fauna ferina, los sitios desolados y los climas procelosos; lo he buscado en el rostro del hombre, odiosa máscara descompuesta por las pasiones y la mentira; lo he buscado en la compañía femenina, frágil flor de volátil fragancia, aunque no exenta de delectables espinas; lo he buscado en el vicio, en el crimen, en el pecado, en la bebida; lo he buscado en el arte, la ciencia, la filosofía; lo he buscado en las cumbres distantes, entre los bellos graznidos de las aves de rapiña; lo he buscado en los abismos inexplorados, bajo la mirada del hipocampo y de la anguila; lo he buscado en los astros, en los misterios, en la noche y en el día; en ningún otro lado más que en la fugacidad del reposo he podido yo hallarlo. Bienaventurado el oso gris, en la noche semestral de su profunda cueva; mas otra es mi naturaleza, y la pérdida de mi paraíso se renueva, ante la impotencia

de mis ojos ofuscados, renuentes a su feraz apertura cotidiana, de día en día. Así, hoy asisto nuevamente en mi lecho a la destrucción de mi sosiego, al pertinaz declinar de la obliteración de mi memoria, obliteración que muere entre mis desesperados y apesadumbrados brazos, que nada pueden hacer para evitarlo. Muerto el olvido, anegado en una negra sangre a través de la cual su valiosa vida se exhala, he aquí que renacen de él, como gusanos carroñeros precipitándose al exterior a través de una boca ya sin labios, los recuerdos, pequeños genios que danzan sobre ese indefenso cadáver mientras afilan los estiletes con los cuales se aprestan a lacerar nuestra debilitada carne. ¡Alejaos de mí, insidiosos demonios de pálida mirada: no os acerquéis con esa sonrisa burlona en vuestras diabólicas fauces! El olvido derramado no será negociado. Mi pasado es oscuridad, nada puede verse a través de esa ingente bruma; sólo un ventanal en ruinas arroja una mortecina luz, de azulado tinte, que muestra una cruz desmoronada y los insepultos huesos de la devoción. Nada más puede verse. ¡Alejaos, alejaos de mí, con vuestras filosas dagas de espanto, que me abren heridas a través de las cuales se drenan, de las venas de mi memoria, insignificantes hechos de altiva estupidez! ¿Es que ese pude haber sido yo? Ya es tarde para los nuevos reproches; ya es tarde para las culpas granadas y para los nevados temores. Tales hechos son los que afean mi necrosado pasado, del mismo modo en que a la condesa Báthory la habría afeado el hábito de monja. Dadme respiro: debo recobrarme de este golpe, ante cuya clara contundencia muy poco me ha valido girar velozmente el cuello, siendo incapaz de levantar mis temblorosas garras para cubrirme con ellas. Sin embargo, no podréis conmigo: me dispongo a dar batalla. Pero no, vuestros ardides son arteros en grado sumo, ya nada puedo hacer para venceros; aunque diminutos, vuestro nombre no es sino Legión. Muy bien, vosotros ganáis, recuerdos, pero tened presente que, a través de la larga espiral de los vertiginosos tiempos eternales, sólo vosotros y el Supremo habéis sido capaces de derrotarme. Os otorgo, a mi pesar, la singular palma de la victoria: disponed ahora de mis despojos. Los derechos del vencedor no os serán negados, únicos derechos que he jurado respetar. No ignoro que mi suerte será dura, esclavizado por vosotros, en tierras lejanas, empujando una rueda de molino y desprovisto tanto de mis más básicos beneficios como del exuberante penacho de la etérea libertad. No lo lamento: esto ya me había sido robado antes. Vamos, adelante, castigadme, golpead: estoy dispuesto a soportarlo todo, con orgullosa e inconmovible mirada. A partir de ahora, mi nobleza será la de ser quien soporte las más duras pruebas, los más crueles tormentos, las más despiadadas aflicciones, sin caer jamás. Os desafío; me habéis vencido en la liza de combate, pero nunca me venceréis en el altar de sacrificio. Ved que mi pulso no tiembla, ved que mis pasos no vacilan. ¿Queréis ver más? Yo mismo os arrebato vuestros estiletes y me lacero ahora las carnes con ellos. Mirad, llenaos de horror. No, no deis ese paso atrás, contrariados: sólo hago lo que mi alma me dicta, y un alma creada por Dios no puede ejecutar cosas del todo ajenas a su plan divino. Observad el espectáculo, inédito hasta ahora, y subsecuentemente irrepetible: una de vuestras víctimas se ríe de vosotros, se autoinflige las heridas más profundas, y lo soporta todo con adusta mirada. Sí, huid, huid espantados: es cuanto podéis hacer. Llevad esta noticia al Eterno, y decidle que mi capacidad para soportar el dolor es superior a la suya, sentado en su confortable butaca nubosa y abanicado por las tiernas alas del querube. Anoticiadle de esto que hago: he confeccionado una cruz de ébano y con vuestras odiosas armas clavo ahora mis pies en su base así como mis muñecas en sus brazos, extendidos en mudo pero palpable horror. Mi boca chorrea negra sangre mientras os hablo, y el recuerdo de una infamia traspasa, de lado a lado, mi tumefacto corazón. Mis alas arden en la combustión del pecado divino, y mis ojos vidriosos y blanquecinos se retuercen en el recuerdo de un crimen que permanece desconocido y sin nombre entre los perplejos legisladores de la facinerosa humanidad. Corred, corred a llevar esta buena nueva: el hombre ha sido salvado por segunda vez, en esta ocasión no del error del primero, en el distante Edén, sino del error del último, en un tiempo que vendrá. Cuidad de no tropezar en vuestra ciega velocidad, mientras escapáis de mi visión destrozada como un cervato escapa del rugido del león malherido, pues podríais haceros daño. Llorad, sí, llorad, piadosas sacerdotisas, pues este sacrificio voluntario también os concierne a vosotras. No me culpéis por lo que he hecho; es sólo que me molesta ser despertado por el efluvioso e intrusivo sol. Que los hombres recuerden este memorable día de locura y espanto, y que caigan de rodillas con cada nuevo aniversario para pedirme perdón.

Bajo una tiranía celeste

oche tras noche consultaba, a escondidas, tras encerrarme sigilosamente en una estrecha mazmorra que ofrecía la conveniente particularidad de carecer de abertura alguna que permitiese a la luna y a los cometas asomarse a su interior, aquel carcomido texto evangélico que por azar había caído en mis manos tantos siglos atrás; noche tras noche comprobaba, incrédulo, mientras el decrépito farallón de mi perplejidad se erguía cada vez más alto y enhiesto al arrojar su funesta sombra sobre mi alma desesperada, que aquellas palabras seguían siendo indudablemente las mismas y que los versículos bíblicos no habían sufrido alteración alguna en su unívoco e insobornable sentido. Apagaba entonces mi lámpara de aceite y, acurrucándome en un rincón de la mazmorra, dejaba escapar un sinfín de quebrados sollozos en medio de las tinieblas, desconsolado, tras lo cual me entregaba a lúgubres y devorantes reflexiones por el resto de la velada. ¿Podía ser posible? La prueba estaba ahí, incontrastable, en esa fatídica página que todas las noches me precipitaba a arrancar convulsamente de ese volumen mentiroso y que acercaba luego al fuego, con garras temblorosas, hasta verla consumirse por completo entre las llamas, pero que al día siguiente aparecía de nuevo encuadernada en su lugar habitual, ostentando, incólume, ese impiadoso texto que me trituraba el corazón como el mortero tritura el cardamomo. Y así como las potencias ígneas de las llamas se mostraban incapaces de destruir para siempre esa página terrible y victoriosa que de mí se burlaba, así mis tortuosas cavilaciones y vanos subterfugios se probaban incapaces de sofocar la espantosa verdad cuyas implicaciones destrozaban mi espíritu cada noche: el mismo Dios que, a través de su Hijo, ordenaba en esos versículos a los humanos ofrecer la otra mejilla ante cualquier ofensa recibida, a mí me había partido sin más la cara en dos con un rayo a la primera transgresión. ¡Su otra mejilla había brillado por su ausencia! ¿Es que acaso hay una ley distinta para dioses y hombres, más laxa para el más fuerte y más severa para los más desprotegidos? Si pusiera toda mi imaginación en ello, no encontraría jamás una manera más monstruosa de graficar tan perfecta y acabadamente la glorificación absoluta del concepto mismo de injusticia. No estoy diciendo con esto que los hombres tengan que exigirle a su propio Dios que les dé el ejemplo de cómo comportarse, pero por lo menos el muy ladino tendría que guardar el decoro de no hacer tan ostensible su abominable costumbre de considerarse, con flagrante impunidad, por encima de toda ley. Aunque en el fondo no me extraña: también he visto a ese mismo Dios predicar a sus creyentes la tolerancia irrestricta con sus semejantes y, acto seguido, mostrarse Él intolerante con los demás dioses, a los cuales desmiente al considerarse único y contra los cuales entabla desde hace siglos cruentas guerras que suelen embellecer ocasionalmente, a través del virginal rubor de la sangre derramada, el pálido rostro de la siempre aburrida historia humana. Un Dios que con tanto desparpajo hace gala de su beligerancia irracional no puede sorprender a nadie al no ofrecer su otra mejilla cuando un ángel rebelde intenta golpearlo. Pero mi alma se abisma en el dolor cada vez que mi mente es atravesada por la amarga certidumbre de que, si el Creador hubiese expuesto impasiblemente ante mi puño crispado el otro perfil de su barbado semblante, yo no habría encontrado jamás las fuerzas suficientes para asestarle una segunda bofetada, sino que, con los ojos arrasados en lágrimas, lo habría reconocido ahí mismo vencedor sin necesidad de una oprobiosa caída en las fúnebres regiones del Tártaro. ¿Por qué, Supremo, por qué no fuiste capaz de, siguiendo los consejos de tu manso Vástago, derrotarme con el mudo reproche de tu mejilla en vez de con el fulmíneo castigo de tu rayo? Toda la ingratitud de mi impía acción habría relumbrado entonces ante mis ojos, reflejada en cada uno de los sudorosos poros de ese pómulo mal rasurado que se habría levantado sobre mí, acusador y admonitorio, con la augusta reciedumbre de la montaña. En esa inerme mejilla yo habría podido leer con facilidad la superioridad indiscutible de tu poder, así como la irreprochable belleza de tu paciencia y la pétrea excelsitud de tu indulgente magnanimidad. Pero no fue así: elegiste, una vez más, el abrupto camino de quebrantar tus propias reglas y de abandonarte a las tentaciones del despotismo y de la prepotencia. ¡Y hay quienes aún se preguntan cuáles fueron las razones que motivaron mis sacrílegos conatos destituyentes contra las arbitrariedades de tu reinado! No era fácil la vida en ese imperio de columnatas dóricas y broncíneas pilastras cuando su Monarca no se sujetaba a ninguna de las leyes represivas que Él mismo redactaba para someter a sus súbditos. Nuestras libertades individuales se veían continuamente cercenadas por ese Estado policial que carecía de división alguna de poderes, principio básico de todo sistema republicano, y en el que incluso una férrea prohibición gravitaba sobre cualquier sano ejercicio de prensa libre e independiente, a la cual se tachaba de herejía sediciosa y, tras ser sometida a censura previa, se penaba con castigos eternales. No había lugar en esa opresiva dictadura nubosa para las ideas democráticas o para las denuncias de corrupción, nepotismo y abuso de poder, de modo que nuestro activismo militante debía desarrollarse al amparo de la más completa clandestinidad. Y las denuncias eran muchas: pecadores que alcanzaban el perdón por medio de emolumentos dinerarios a la Iglesia y a través de toda clase de sobornos expiatorios, un Hijo al que se le conferían atribuciones divinas y milagrosas a las que el común de los mortales no podía acceder por concurso alguno, y un Dios que faltaba una y otra vez a los dictados de su propia legislación. Todo esto era difundido por nuestros solapados órganos de prensa y por panfletos de tortuoso recorrido que circulaban subrepticiamente de mano en mano, propaganda mediante la cual nuestra justa causa ganaba cada día más adeptos entre los descontentos moradores del Éter; sin embargo, no tardaron demasiado los servicios secretos del Déspota en infiltrarse en las nutridas filas de nuestra creciente facción, de suerte tal que, una vez puestos al descubierto todos mis proyectos golpistas, el Cielo me expulsó de su seno como a un agente patógeno de nocivas cualidades, sin otorgarme siquiera las garantías constitucionales de un juicio previo y del derecho a una legítima defensa, y me deportó sumariamente al populoso calabozo del Infierno para rechinar allí mis dientes junto al resto de los presos políticos que me hicieron compañía en la aciaga caída. Así gobernaba, como legislador, juez y verdugo, y con el monopolio absoluto del uso de la fuerza para llevar a cabo sus violentas razzias empíreas, aquel Dictador celeste que, al asumir su cargo, a duras penas había podido reprimir en su pecho una carcajada ciclópea mientras declamaba la frase de que Dios le demandara algún día el eventual mal desempeño en el ejercicio de sus funciones. Digan lo que digan, únicamente la inclaudicable idiotez de los hombres puede llegar a suponer que esa pocilga autoritaria, en la que todos los habitantes son espiados y controlados sin cesar por un Ojo sin párpado que nunca duerme, es pasible de ser considerada un Paraíso. Pero allí se afanan por ir ellos, observando todas las vanas devociones y supersticiosas costumbres que estragan la libertad humana desde hace siglos, sin percatarse de que su meta final está fundada en un sistema monárquico de carácter netamente totalitario cuyo Mandamás, por si aquello fuera poco, hace ya rato que, tal vez debido a la endogamia de sus demiúrgicos antepasados, se encuentra privado del saludable uso de sus facultades mentales y, negándose a ceder la regencia del unicato a su inexperto Engendro, chochea a gusto en su magno sitial de oro, con su túnica empapada por las espumosas babas de la rabia. Mas los humanos lo siguen reverenciando como si nada, prosternados en el suelo, con el insensato objetivo de alcanzar, por medio de sumisas preces y humillados cánticos de alabanza, un lugar en el peldaño más bajo de ese reino enteramente jerarquizado desde donde poder agradecer por centurias a Uno que, sentado en su alto trono, y recordándoles a cada momento quién es y cuán grandes son su misericordia, bondad y poder, les prescribe la humildad como virtud. ¿Es que nadie advierte que está marchando voluntariamente hacia el yugo de una tiranía eterna? Admitamos que es una pena el que ningún pensador moderno haya nacido a tiempo para escribir el corpus bíblico y reformar un poco sus caducas instituciones empíreas: ¡cuánta razón tendrían entonces! No ha sido así. Su Paraíso quedó, por consiguiente, condenado a guardar la semblanza de un régimen monárquico muy similar a los que estaban en boga por aquellas épocas, tiempos en los que la guillotina aún no había sido creada y el cuello del Soberano de las nubes podía, merced a ello, dormir en paz. Cabe suponer de este modo, dada la caducidad ideológica de un absolutismo eterno, que el pensamiento de Dios no avanzó a la par del pensamiento del hombre, aunque quizás lo más probable sea que el Opresor tenga fundadas razones para proscribir de su reino el sufragio universal y para sujetar, con firme pulso, las riendas de mando en una sola persona que se ha arrogado para sí misma, desde antes de la Creación, la entera potestad de toda función ejecutiva, legislativa y judicial, sin que ningún tipo de mecanismos cautelares o garantías jurídicas puedan protegernos de las caprichosas arbitrariedades de su ánimo. Pero en fin, humanos: alejaos del pecado y la tentación, suplicad de rodillas por la pronta remisión de vuestras faltas, y ascended al Cielo cantando loas a vuestro Padre y llorando de gratitud por su misericordia: no seré yo, mientras bebo un martini en la muelle libertad de las playas estigias, quien vaya a envidiaros. Y en cuanto al Señor, estimo que todavía debe de tener sobre su trémulo regazo mi ofrecimiento, al que ha de estar contemplando transido de estupor y con el semblante demudado por las pasiones: un paquete de encomienda express en el que hoy mismo recibió, envuelta en gasas sanguinolentas, mi otra mejilla, la cual, para darle un castigo ejemplarizante y llenarlo de imperecedera vergüenza, me arranqué anoche de mi mutilado rostro con la ayuda de un filoso escalpelo.

Gangrenas del alma

 e abandonado hoy, después de mucho, la negra torre que me da refugio desde que he llegado al mundo de los hombres, y huello ahora, en la indecisa penumbra de una madrugada saturada de neblinas, las inhóspitas tierras de la nación que fue maldita con mi nacimiento. Ignoro hacia qué destino se dirigen mis pasos, pero mi morada ya no es capaz de contener los violentos pensamientos que me acosan. Aún no he llegado a la primera esquina y ya se recorta contra el horizonte de mi mirada una silueta repugnante. En efecto, es un humano. Querría regresar a mi cubículo, pero el ser me ha visto y mi orgullo me impide, por ello, dar media vuelta ante él y correr así el riesgo de dejar la imagen de alguien que no sabe hacia dónde va. Es lo lógico. Se acerca; de improviso cae, cubierto de sangre, y comienza a arrastrarse como en el dolor de la agonía: me ha reconocido. ¡No te alejes, débil criatura que en vano intentas desembarazarte de mi cercanía con tus inútiles *vade retros*!, deseo dialogar contigo. Te advierto que de ningún provecho habrán de serte esos desesperados llamados de auxilio con los que intentas perturbar el sueño matinal de tus semejantes, pues mis poderes de las tinieblas obran ya sus sortilegios alrededor y atan a todos los hombres circunvecinos a sus lechos con poderosas e invencibles cadenas, insuflándoles nuevas pesadillas de muerte y de locura. Pero ¿qué es esa cruz que llevas colgada del cuello? Ahora comprendo tu mirada de horror, y la considero justa: no ignoras quién es el alado ser que se yergue frente a ti, con sus garras aún manchadas con el rojo icor de tu sangre. Así es que, con todo, te aferras a tu cruz, humillada y temblorosa ante mí como un pusilánime argivo ante Héctor. No importa: he visto cosas peores en mi vida, como comunistas que no sabían jugar al ajedrez con dieciséis peones. No es a necrotizar tu alma a lo que he venido, oh, tú que desciendes de los monos, pero ¿te has preguntado en qué momento de la evolución aparece, el alma? Quizás el alma no haya evolucionado y tengamos todavía hoy espíritus unicelulares. En ese caso, me gustaría reencarnar, tras mi esperada muerte, que, a menos que muera en secreto, será festejada por todos, en un virus letal. ¿No querrías tú, por ejemplo, resurgir en la agonizante raza de la viruela y, realizando hechos de heroica grandeza para tu nuevo pueblo, cantados más tarde por todos los bardos del mundo microbiano, salvarla de la extinción y,

llevando a las legiones de cepas variólicas bajo tu mando a un nuevo período de esplendor, asolar naciones enteras, matando incluso a los propios descendientes de tu anterior vida humana? Pero no es probable que el alma exista, sino únicamente las causas naturales. El árbol surge de una semilla: eso es natural. ¿Quién les explica, entonces, a las hormigas de dicho árbol, bastante ignorantes en botánica, que no fueron ni ellas ni aquel creados por un dios-termita con el extraño propósito de otorgarles, más tarde, una vida eterna compensatoria a supuestas almas suyas? Mas el hombre, a diferencia de la hormiga, necesita indispensablemente de un Dios para dar sentido a su efímera existencia. Así, se ha ocupado de que todos los opuestos conduzcan a él: si una niña sana de su enfermedad, «fue un milagro»; si muere, «Dios se la quiso llevar consigo». Pero yo he visto a Dios comprar pochoclo cinco minutos antes de las mejores catástrofes; y no seré yo quien lo culpe. Si un adaptado social (inadaptados son los honestos) me roba la billetera, Dios lo castiga durante tres cuartos de eternidad (pues no lo castigó durante el cuarto de eternidad previo a su nacimiento); acto seguido, envía Él mismo un terremoto que destruye mi hogar, mata a mi familia y no me deja sino la otra billetera, vacía: esto le agrada, y su propio crimen queda impune. Por eso debemos la lógica a los griegos: Zeus era mucho más coherente que el inculto Yahveh. ¡Ay de nosotros si nuestra lógica la hubiese cimentado Moisés! Los terrores silogísticos serían hoy los más ominosos de la Tierra, y las copiosas películas de terror que se producen año a año cambiarían toda su fauna de tiburones, dinosaurios, pirañas, anacondas, tarántulas, ornitorrincos, escritores y medio manual de zoología más por premisas mayores, premisas menores y conclusiones. Humano, no era mi propósito infectar tu espíritu, pero advierto que mi discurso, vale aclarar que meramente portador, ha dejado muy bajas las defensas de tu alma, ya inmunodeficiente. El artista puede fecundar con sus ideas otras mentes, mas también contagiarles sus enfermedades. No es mi culpa si el eficaz taladro de mis verdades ha maquillado tu rostro con el matiz de la agonía. ¡Pero basta! Hace rato que tu cuerpo ha dejado de moverse y de respirar, y los pútridos miasmas que de él se exhalan han comenzado a ofender la intrínseca sensibilidad de mi olfato. Es hora de retornar a mi negra torre y dejarte descansar, oh, futura tierra patria de laboriosos y sapientísimos gusanos que habrán de escribir, con sus históricas obras, modélicas y memorables páginas de integración social, organización estatal, personería jurídica y aprovechamiento de recursos. Te abandono para que seas el irrisorio Edén en descomposición en el que ellos, creyéndome con toda razón el piadoso y benévolo dios que creó su mundo y les confirió el milagroso don de la vida, me venerarán por todo el resto de sus existencias de plácida necrofagia y beatífica corrupción. ¡Que tu alma gangrenada sea con tu Dios!

La mascarada infernal

 veces extraño la vida en el Infierno. Acontéceme especial-
mente tal fenómeno, la magnitud de cuya novedad tampo-
co amerita, a mi juicio, que el lector permanezca un segundo más con la boca así abierta de par en par, cuando con
torva mirada observo a mi alrededor y advierto, sin sorprenderme, la
pasmosa hipocresía de estos inconsecuentes abortos de demonio que,
llenos de ínfulas y con un elástico fingimiento que podría sumir en la
estupefacción al mismo Proteo, pretenden ser catalogados, en el volu-
minoso y siempre abierto libro de la Naturaleza, ni más ni menos que
con el artificioso mote de «seres humanos». ¡Infame mascarada! No
bien mis pasos hicieron su fatal arribo a este mundo, tras cruzar las
circunfusas regiones nocturnales en las que la aurora boreal murmura
sus taciturnos enigmas al viajero que la roza con su ala, quedé inmediatamente deslumbrado por esa distinguida especie que desplegaba
las enseñas de su señorial dominio a lo largo de los cinco continentes
del orbe. En efecto: a primera vista, el humano me parecía tocado por
una rara aureola de nobleza. Y por mucho que fatigaba mi mente en
nuevas y más profundas observaciones, el huraño promontorio de la
incredulidad salía invariablemente a mi encuentro, arrojando a mi faz
la sombra del estupor, cada vez que mi juicio transitaba la paradóji-
ca idea de que una criatura hecha a imagen y semejanza de un Dios
criminal pudiera guardar un modo de vida tan casto y virtuoso. ¡La
astilla me resultaba tan distinta al palo del cual procedía! ¿Se trataría
acaso de una creación de otro dios, más sabio y afable, al que Yahveh
había dado muerte para arrebatarle su invento con las arteras armas del
plagiario? La suposición no se me antojaba del todo inverosímil: con
frecuencia le había visto llevar a cabo aún más tristes proezas. Lo cierto
es que allí estaban los bellos y soñadores ojos del hombre, de pudorosas
pestañas, que parecían desmentir la vil ruindad de su Soberano.

Abrumado por tal prodigio, cuya plausible explicación se sustraía
una y otra vez a las infructuosas redes que mi imaginación arrojaba al
encrespado piélago de los misterios, me hallaba ya a punto de ceder
con resignación al ceñudo imperio de la evidencia cuando, repentinamente, un sutil tintineo a mis espaldas atrajo la inmediata atención
focal de todos mis sentidos: un antifaz, ornado con negras plumas y
brillante pedrería, acababa de caer al suelo en un fatídico descuido de

su portador. Elevé mi mirada hacia aquello que había permanecido hasta entonces oculto tras tan artificioso adminículo: se recortaba así por vez primera, ante mis atónitas y dilatadas pupilas, el verdadero rostro de la humanidad, perversa y traidora criatura amamantada por el vicio. ¡Ah, qué semblante aquel que se ofrecía a mi escrutinio interminable! La tosca cuña del egoísmo había esculpido con esmero, en la ajada mampostería de esas disolutas facciones, las indelebles huellas de la depravación y del dolo. ¿Es que podía existir una criatura que igualase en perfidia al Altísimo y a todos los miembros de mi estirpe demoníaca? Así lo hacía presumir aquella visión que me había petrificado por completo, y en la cual por fin el humano se revelaba como auténtico receptáculo del fácilmente identificable código genético de su Hacedor, cuya paternidad ya no hacía falta seguir poniendo en duda, tan manifiesta era la filiación de ese inequívoco ADN de hipocresía que a todas luces los emparentaba a ambos.

En cuanto vi al hombre así despojado de su engañosa máscara, completamente desnudo en medio de ese decadente teatro de imposturas morales y travestismos ideológicos que, ahora lo sabía, era el mundo, comprendí que los únicos atributos que lo diferenciaban de los moradores del Hades eran su falta de nobleza y sus notables cualidades de histrión; pues, si bien ambas razas me resultaban idénticas en su legítima inclinación al crimen, mientras los que hollaban con dignidad la ardiente marga del mundo inferior se enorgullecían de mostrarse, con irreprochable sinceridad, tal cual eran en toda su fatal degradación, el humano, al igual que su Padre, se afanaba en cambio día y noche por ocultar, con la destreza del embaucador consumado, su innata orientación vocacional por el vicio y su intrínseca tendencia al mal. De modo que, desde aquel día de colosal desengaño en que llegué a contemplar, con horror, el secreto rostro de estos arteros seres que son demonios en sus acciones y se fingen ángeles en sus palabras, experimento en mi interior una viva nostalgia por las pestilentes llanuras estigias, toda vez que percibo la enorme similitud que existe entre ambos mundos en lo que respecta a la impiedad y alevosía de sus moradores, pero sin poder dejar de notar que en este no me encuentro rodeado tanto por insignes semejantes como por falsarios criminales que escudan sus fechorías tras la cobarde fachada de la virtud.

A veces extraño la vida en el Infierno, sí, ¿y cómo podría ser de otro modo? Juzgad, sin que merme la firmeza con la que vuestra palma oprime el punto pectoral en que sentís latir vuestro insensible corazón, la insoslayable diferencia que se patentiza a mis ojos entre Azazel, armonioso corifeo celeste, que aun ostentando siete cabezas viperinas logra, sin mayor esfuerzo, mancomunarlas a todas en la inequívoca dirección del vicio infernal sin que una sola de ellas contradiga ni en su más íntimo pensamiento a las otras seis, con la nada monódica doblez que existe en el único cráneo de cualquiera de estos farsantes que, cuanto más predican el humanitarismo y la tolerancia, más sobrepujan en crueldad a todos los demás seres de la Creación. Como monstruos que proyectan sobre ficcionales muros las sombras chinescas del santo y del héroe, o como pantomímicos pierrots y colombinas paseándose en un carnaval veneciano de hipocresía bajo los antifaces de la impostura y la mistificación, recurre el libertino a la máscara de la circunspección y del recato, y apela al disfraz del comprometido con los derechos ajenos el partidario de la feroz opresión totalitaria sobre el pensamiento de los demás. ¡Legiones infernales, acudid a mi lado, venid a enseñar a estos apestosos humanos un poco de sinceridad! ¡Ven aquí, Balban, viejo camarada de armas, demonio del engaño, ven y enseña a estos hombres tu comparativamente honesta mirada, ven y enséñales a decir siquiera una única, pequeña, inocente verdad! «Sincero como demonio entre los hombres» debería ser ya una extendida fórmula proverbial siempre presente en boca del sencillo campesino.

Cierta vez quise mimetizarme en la mascarada general y experimentar la trágica desazón de sentirme uno más entre los miembros de este mundo. Me apersoné ante el sastre de la corrección política y ordené un vistoso atavío de mentiras con el cual engalanarme como todos. Tras calzarme ese ridículo atuendo, confeccionado con harapos retóricos arrancados de enunciativas banderas solidarias y cosido con el hilo del más falaz puritanismo, me introduje en el opulento salón en el que la gran farsa social había fijado los esplendores de su fausto. Una vez en ese grotesco baile de máscaras, en medio de un infinito calidoscopio de candelabros y un sinfín de especiosos manjares, pude ver a las grandes eminencias éticas del orbe desfilar solemnemente por la escena con pomposa vanidad, ufanándose de sus vocablos y de su inmaculada moral dialéctica. Con el hocico atorado por las más refinadas y exquisitas viandas, hablaban elocuentemente del drama de la pobreza. La afectación y el disimulo teñían cada movimiento de ese odioso entremés en el que la sociedad, tocada con sus dispendiosos antifaces y sus costosos trajes de arlequines, se entregaba al cotidiano ejercicio de sus sobreactuaciones. No faltaba nadie en ese surrealista guiñol: allí estaba el mercader en todas sus formas y avatares posibles; el político demagogo que emprende, con la actitud del mártir, una nueva cruzada nacional contra enemigos ficticios cada vez que necesita que la atención popular se desvíe de sus sostenidas incursiones predatorias a la estatal cornucopia; el joven que saborea con placer, secretamente, el infortunio de su mejor amigo; la esposa que, tras deshonrarse en la adúltera yacija, derrama la lágrima de la indignación ante la lícita sospecha de su burlado marido; el apasionado militante que se desgañita, fuera de sí, al condenar en el gobierno de signo contrario el mismo crimen que, multiplicado por diez, aplaudió antes en el propio, y que volverá a aplaudir mañana; las promesas que, recolectados ya los frutos de Eros, el hábil seductor olvida; la cordial simpatía detrás de la cual se esconde, agazapado, el sombrío interés; los ofendidos clamores con los que el resentimiento intenta ahogar la risa; el hombre, vigoroso; el anciano, experimentado; la mujer, fecunda en sutilezas; el niño, en sus ineluctables primeros pasos; y, por encima de todos, su Dios.

El amanecer me vio en mi inútil huida de ese antro, con mi maquillaje de mimo transformándose gradualmente en el horrendo rostro de la tragedia bajo el matinal rocío. Acababa de entender palmariamente, con una sorpresa que no me atrevería a tildar de pequeña, misterio que llenaba de perplejidad a la ardilla y a la alondra que me oían declamar a solas en el bosque mientras gesticulaba, bajo el cielo cerrado, con desesperación, que jamás podría atreverme a confiar en la amistosa sonrisa o en las melifluas palabras del humano sin terminar, más tarde, con el cuerpo cubierto de heridas y escaras de variable gradación. Pero ¿es que acaso puede decir algo contra el hombre aquel que también utiliza un disfraz? Pues debo confesar que, cuando durante el lejano transcurso de una secreta misión divina sufrí la fatal rotura de un ala y quedé prisionero de este mundo para siempre, tomé de inmediato, por un entendible instinto de autoconservación, la medida precautoria de fijar a mi rostro, con inamovibles hilos de acero, la atemorizante máscara de un demonio; adopté luego, por medio de la mutilación y la cirugía reconstructiva, dos piernas caprinas en lugar de las mías; acto seguido depilé, en medio de agonías que me hacían hender el aire con demenciales aullidos, todas y cada una de las plumas que cubrían mis apéndices voladores; y por último, con enorme dolor, renuncié de por vida a mi bondad, que me habría delatado más que cualquier otra cosa: es que no deseaba bajo ningún concepto que los monstruosos y destructivos hijos de Dios, por detrás de sus angelicales apariencias, se percataran de que podían encontrar en mí la fácil presa de un ángel verdadero.

Plegaría a la luna

scuchad ahora, oh, humanos, sin cometer la sinrazón de conmoveros apresuradamente y en vano, el cándido llamado crepuscular que, asustado en medio del frío invernal y la oscuridad de la noche cerrada, dirige a la luna, ignorando que yo lo observo desde su ventana bajo la forma de un murciélago, un niño desamparado cuya madre he asesinado hace un tiempo a sangre fría, asesinato del que ya os hablaré más adelante, frase esta última que significa que no pienso hacerlo jamás. Pero dejemos de lado estos abusivos considerandos y detengámonos, aquietando por un instante el pendular fastidio de nuestro ánimo agobiado, a escuchar impremeditadas palabras, tan llenas de inocencia como de aflicción, cuya resonancia a través de las diáfanas capas del éter nocturno sólo puede verse justificada por la supina indiferencia que de seguro habrán de despertar en todos y cada uno de sus oyentes, asaz preocupados por sus egoístas pasiones y apetitos, a no ser por aquellos pocos que, bien lo saben ellos, noche tras noche se ven forzados a aullar al vacío estelar, por los siglos de los siglos, a través de los jirones de un alma desgarrada que cae abrumada bajo el peso del dolor. Escuchad, pues, débil hojarasca conducida de un lado a otro por la más tenue brisa mediática, escuchad; sólo acercaos un poco más a esa oscura ventana tras la cual el débil resplandor de una vela consumida vacila, y escuchad:

«Sagrada luna que me contemplas, desde tu silencioso lecho de cómodo éter, con ojo dulce y acariciador, olvidada entre los negros vacíos de la noche e imperturbable en tus infinitas meditaciones, mientras te rezo, pobre niño sin consuelo, junto a la ventana de mi cuarto, poco antes de acostarme, con toda la devoción que de ordinario hacia todo lo que a mi alma se asemeja siento: escucha ahora, conmovida, la humildad del ruego que hacia tu blanco disco elevo... ¡y que tu frío no me mate!, que tu frío no me mate... Sí, hoy mi plegaria es para ti, para ti, pues mi atenazado ánimo me impele a contemplar a quien le hablo. Hoy mi plegaria es para ti, pues encuentro, con dolor, tras tantos grises y tempestuosos años de desvelo, que he sido abandonado por el cruento Dios del cielo, que, según todo me hace suponer, no dispone ya de tiempo para mí. Acepta, entonces, luna, esta inocente plegaria de mi alma, acéptala, por favor, oyéndome con toda la serenidad que a tal efecto puedas concentrar, tú, que no estás acostumbrada a hacerlo... Tengo miedo de morir, sí: estoy enfermo; cuando mis diminutos párpados comienzan a cerrarse, vencidos bajo el insoportable peso del sueño, imagino que ello en realidad significa que estoy cayendo a la negrura de esos terribles pozos secretos en los que la muerte roe, interminablemente, con una mueca de jubilosa lujuria en su rostro podrido, los agonizantes restos de la conquistada humanidad, que se revuelve bajo sus pies triunfantes. Tengo miedo de morir, sí; pero ¿quién sabe con certeza lo que la muerte es? Cada vez que yo, acunado por las bellas necesidades que movilizan las inocentes pasiones de un alma casta, me he permitido soñar al respecto, hombres de semblante severo se me han acercado y me han hecho notar, a la fuerza, lo errado de mis cavilaciones; pero yo intuyo que, en realidad, ellos ignoran tanto como yo, y aún no he logrado adivinar por qué les preocupa tanto lo que yo sueñe, siendo que mi muerte no les importará en lo absoluto, y mucho menos mi destino tras ella. ¿Y qué hay sobre ti? ¿Acaso alguien teme por tu muerte, luna? ¿Acaso alguien te lloraría? A los hombres no les importas tampoco tú: ellos trabajan de sol a sol y luego se encierran, con doble llave, en la aburrida e insignificante cotidianeidad de sus hogares y de sus pequeños problemas domésticos, para la mantención de los cuales trabajan durante toda su vida, de tal modo que una eventual ausencia definitiva por tu parte les pasaría tan inadvertida como les pasa ahora este ruego que, en mi miseria y en mis temores, te ofrezco con toda la candidez virgen que aún puede emanar de mi horrible espíritu. ¡Oh, luna que sólo existes, en este arruinado siglo de desidia universal, para mí, para este pequeño pecador!, acalla a esas plateadas olas que debajo tuyo se elevan, mecidas por tu divina influencia o enfurecidas en la humillación de descubrirse incapaces de alcanzarte, y que me hacen pensar, con horror, en lo efímera y frágil que la vida humana es. Acalla a esas olas, luna, pues su rumor me da miedo. Y no dejes tampoco que esas nubes que, azules, surcan el no menos azul firmamento se abalancen sobre ti, tratando de empañar la visión que de las agonías de este mundo mortal tienes. Si es cierto que esos murmullos que el viento arrastra en su viaje eterno y legítimo a través de las tierras dormidas son sólo tus tristes y desesperados soliloquios, y no el tortuoso blasfemar de los demonios abrumados por el dolor que encuentran en la soledad a la que el ser humano los empuja, entonces, en esta fría noche en la que sufro solo en mi casa, abandonado por mi madre, que ya no volverá a mí, te prometo que me esforzaré insomnemente, hora tras hora y aun a través de la languidez que me produce mi hirviente fiebre, por estudiar en el gemir de estos vientos, hasta dominarlo con maestría, tu cristalino lenguaje; y ya no seguirás hablando sola, como hacen los locos. Te lo prometo... ¡Oh, luna!, ¿por qué me miras así? Enjuga esas lágrimas, que caen sobre mi alma, y que me hacen llorar a mí. Enjuga tus heladas lágrimas, incomprendida, antes de que la idiotez de los hombres las reduzcan, de un seco golpe, a pequeños fragmentos de opaco vidrio. Y nútreme con tus sombríos sueños, luna antigua, pues mi cuerpecillo jadea, enfebrecido, y no desea ya alimentarse con aquello que sólo sirve para prolongar la existencia de los hombres. Que tu lejana claridad de plata refresque mi cabeza fatigada, incapaz ya de discernir entre las diabólicas pesadillas que la enferman de noche y las consternantes realidades que la marean de día; vuélvete un poderoso y brillante escudo que me defienda de la lobreguez del absurdo conocimiento universal y de toda necesidad física y material; y líbrame de las visiones de mortandad que ahora me acosan. ¡Oh, luna, líbrame de la ominosa sombra de la muerte, a mí, a mí que soy el único que te reza! Sí, luna mágica y anciana, haz todo esto por mí, hazlo, por favor, actúa conforme a mis pretenciosos deseos, mientras los demás niños dirigen sus pensamientos al Dios que me desprecia. Y haz, a pesar de que no te esté rezando por convicción natural, sino en la congoja de saber que mis palabras y mis dolores no interesan a los feos humanos, que aman golpearme, pisarme e ignorarme, que tu fría y mórbida luz lave pronto la negrura de las heridas de mi sangre. Amén».

Sigue rezando, niño, sigue rezando: no será mi férrea mano la que ponga fin a tu indiferente existencia, que ya suficientemente he destrozado, como si no me hubiese alcanzado con haber destrozado para siempre mi propia vida. Pero ¿es que acaso ese niño no soy yo? ¿Puede esta ventana aciaga comunicar con las demenciales noches de mi propio pasado? ¿Qué es esto que veo? Escapemos: mi alma, que no ha vacilado en marchar al frente en el más despiadado momento de las guerras etéreas, mientras combatía contra fuerzas infinitamente superiores a las mías, haciendo oír el firme liderazgo de mi voz donde quiera que la batalla se tornase más adversa, comienza a sentir temor. Escapemos, sí, y que esa estrella fugaz, que nadie puede ver pero que porta el alma de una madre, derrame sobre mi satánica cabeza, si es que la ruptura de su sanidad mental no la ha hecho ya incapaz, el fresco rocío que mana de la argéntea urna del más sincero perdón.

Escapemos, sí, batiendo estas mucilaginosas alas que chocan contra el viento gélido y cortante propagando a su paso la peste y el horror. Aparta de mí tu rostro acosador, maldita Tisífone, negra erinia de sangrientos labios y tez cetrina, en cuyo lecho tantas veces he yacido: ya bastante tengo con el dedo acusador de mi propia conciencia, que apunta sin vacilar hacia mi despiadado corazón. He cavado una fosa de tales dimensiones que todo el universo entero podría caber en ella, pero que aun así no alcanza a enterrar ni el más leve y sutil eco de aquel grito que me persigue odioso, maternalmente desgarrador.

Manjares de la divinidad

o son pocos los hombres que, a lo largo del vortiginoso torbellino de los tiempos, han logrado adivinar, mientras sus pensamientos se debatían desesperados en la pegajosa telaraña de las circunstancias dolorosas que rodean nuestro trajinar por el mundo, que la única explicación que puede haber para la existencia humana, si es que existe alguna, escuela del pensamiento a la que casi nunca tengo deseos de adscribir, no puede sino estar estrechamente ligada al preciso y puntual hecho de la muerte, y no a otro. Y es que no es digno de nuestro reproche aquel caviloso cerebro que, abrumado bajo el inextinguible peso de la vida, elucubra la difícilmente demostrable hipótesis de que este mundo no es sino la creación de un babeante dios que se alimenta de la mortandad y que, ante cada gloriosa catástrofe que atiborra de muertos alguna ciudad o costa, ve con placer cómo su panza se hincha en el gozo de la saciedad infinita. El mendigo que muere gimiendo en medio del frío de la noche mientras sus magras entrañas se revuelven en tormentoso tumulto; el guerrero de mirada de horizonte que advierte que su vida se exhala hacia el no tan lejano firmamento a través de la hondura de una urente herida recientemente abierta por la espada enemiga; el niño que ha caído por un precipicio y, mientras piensa durante un instante fugaz en sus padres, cuenta los segundos interminables que transcurren entre su estúpido error y el frío recibimiento que le darán las lacerantes rocas del fondo; los marineros que, elevando los ojos hacia la tempestad, asisten descorazonados al lento hundimiento del navío que sustenta sus insignificantes existencias en medio del piélago inabarcable; el cazador que se ve sorprendido por el sigilo del león y, en un segundo fatal, siente una dentellada que desgarra inmisericordemente su otrora bello rostro; el joven artista que, en un día de calor agobiante, salta por la elevada ventana de su cámara para refrescarse un poco estrellando su cabeza contra el suelo distante; el borracho que, en la obnubilación de su ebriedad, abandona todo intento de luchar por su vida y se deja atropellar alegremente por los caballos del carro que se acerca veloz; el condenado que, con el filo de la guillotina en lo alto haciendo arder de ansiedad sus hombros, mira a la muchedumbre con desprecio y pide, como último deseo, que su sangre injustamente derramada manche para siempre las almas de todos; el ancia-

no que, con una serena mirada de resignación y benevolencia, contempla por última vez a sus lozanos hijos mientras les oculta que su hora postrera está sonando; todos ellos, y todos los otros hombres que nacieron y son, creados y engordados únicamente para saciar la ávida glotonería de ese dios nunca ahíto y siempre voraz de nuevas almas, sentado ante la mesa redonda del universo espantoso. Así considerada, la muerte no sólo es la finalidad de nuestras vidas, sino además, del mismo modo en que sucede con nuestro ganado, un suculento plato que se ha cocinado lentamente en la especiosa salsa de las calamidades y del dolor a fin de ser servido, a punto, en una suntuosa bandeja para delectación momentánea de una sibarítica deidad cuyos conocimientos gastronómicos y culinarios, a esta altura, deben de haber alcanzado ya la perfección en el arte de armonizar el determinado tipo de vino apropiado según el manjar de turno. Nótese que ese vino no tiene un gusto muy distinto al de la sangre, pues los racimos humanos que se han empleado para su elaborada confección le han dado un sabor característico que no se pierde demasiado en el proceso de fermentación y estacionamiento adecuado. Así pues, hubo una época, en mi extensa y sanguinaria biografía, en la que, puesto que la duda acerca de la veracidad de esta hipótesis me había asaltado con vehemencia, decidí dejar de matar, pues no me parecía sensato seguir alimentando gratuitamente a un demiurgo desconocido que, además, tenía la imperdonable descortesía de no darme nunca las gracias por todos los banquetes que yo, como estúpido mayordomo, corría servicialmente a depositar sumiso en su mesa soberana. Pero el síndrome de abstinencia era poderoso, y ni aun encerrado entre los negros pliegues de sombras que cubren el interior de mi torre podía sustraerme al punzante deseo de destruir la vida de los humanos cuya jocosa algarabía llegaba a mis oídos desde lejos; de modo que, no aguantando ya más, con las manos temblorosas, decidí poner fin a tal situación descubriendo toda la verdad. Me maté a mí mismo. Deposité mi cadáver en una playa y, no os sorprendáis por lo que un demonio os va a decir, me quedé contemplando la escena desde un acantilado vecino. Al principio vi aproximarse a unos pescadores; ante la vista de un cuerpo tendido, se acercaron presurosos, pero al divisar mis facciones consideraron prudente darse a la fuga y olvidar para siempre tal visión, del mismo modo en que la gente juiciosa lo hace al adivinar en la mutilación de un cadáver los códigos de la mafia vengativa y cruel. Esto no me sorprendió, pues tal era la actitud que el humano había tenido siempre frente a mí durante los grises tiempos de mi vida, y nada indicaba que con mi muerte fuese a morir también su eterno odio hacia mi oscura persona. Sí me resultó llamativa, en cambio, la conducta de unos buitres famélicos, que surcaban el cielo raudamente, en pestilentes alas, y no osaron acercarse a mis restos mortales, como si hubiesen reconocido en ellos

Diario de un demonio

la respetable efigie de su señor y benefactor. Un cangrejo pasó cerca de esos despojos, pero haciendo caso omiso de ellos, de modo que la mención del fenómeno resulta por completo irrelevante; sin embargo, quiero contarlo todo. Y así se sucedieron las horas sin que novedad alguna turbase la paciente espera de mi suspensa mirada. Entonces, una borrosa silueta surgió repentinamente, tardía como el prudente consejo de la experiencia, de entre las fauces del océano y se dirigió, lenta pero decididamente, hacia mi apetitoso cadáver. Mis ojos, atónitos, supieron entonces todo. Un dios llegaba para deleitarse en los jugos de mi deceso, deliciosos como el fugaz olor que desprende una mecha de vela al ser apagada súbitamente. Fingí que no advertía nada y me dejé llevar por él. Entienda el lector que estoy hablando en un sentido figurado y que todo cuanto narro era visto por mis ojos astrales en un plano metafísico que no resultaría sencillo vestir en palabras y conceptos nacidos de la experiencia terrenal, como lo son estos que empleamos hombres y demonios en nuestro cotidiano intercambio de ideas y comunicación. Por lo tanto, no será arduo para nadie imaginar que, cuando digo que fui depositado en una mesa y que un tenedor acercábase ya peligrosamente a mi atenta carne, estoy haciendo alusión a una escena fantasmagórica que ningún hombre podría albergar en su cerebro sin perder inmediatamente la razón. Más me acerco a lo real, en cambio, al detallar que, haciendo jugar a mi favor el factor sorpresa, agarré al dios completamente desprevenido y, con un rápido movimiento, le clavé el tenedor en el ojo, como a un Polifemo que no mereciese el preludio de la embriaguez, tras lo cual, mientras su aullido de dolor llenaba el vacío sideral con reverberaciones horrorosas, me escabullí de ese comedor astral para regresar, resueltamente, al bajo mundo de los mortales. Tomé de inmediato forma de rata y recorrí los continentes esparciendo una cepa letal de peste como nunca antes se había conocido entre los hombres. El resultado fue satisfactorio: no tardó aquel demiurgo maldito en morir de los numerosos problemas inherentes al sobrepeso y al negligente mal cuidado de su salud. De modo que pude, desde entonces, volver a matar a mis numerosos semejantes sin reproche alguno de mi conciencia, usualmente asustada ante la sola idea de que mis malas acciones resultasen beneficiosas para alguien. Y es por eso que, desde aquel día, la humanidad transita en fila india por las arenas del desierto, con sus sangrantes tobillos carcomidos por el inusual peso de las eslabonadas cadenas del vicio y del hedonismo, sin encontrar sentido alguno en esta vida, vida que ha perdido, tras mi gloriosa epopeya, el único sentido que había tenido y que podía tener. Así, hoy el hombre engorda y muere para nada, del mismo modo en que lo haría el cerdo sin nosotros para devorarlo, y su paso por este mundo que gira ciego e indiferente a través del cosmos es sólo la estúpida y sobrevalorada tragedia a la que este dios infernal que soy asiste como único y severamente aburrido espectador. ¡Estad por eso preparados, oh, actores de segunda que representáis tan flojos papeles, pues, en cuanto el telón de vuestra vida caiga y una trampilla bajo vuestros pies se abra en el escenario haciéndoos caer en la sordidez de la nada, seréis al fin conscientes de vuestra total intrascendencia y, en virtud de ello, el feroz trueno de mi abucheo será precedido en vuestras agónicas mentes por el fulgurante relámpago de una dolorosa comprensión!

Génesis de una caída

lejado todo lo posible del detestable hedor del hombre, entre tormentas dignas de las márgenes del río Cócito, agazapado en una estrecha caverna mientras, frente a mis ojos, la noche ve su rostro surcado por fugaces relámpagos, me dispongo a narrar, apoyándome en las arcanas capacidades de mi visión nocturna, algunas de mis vivencias a fin de llenar una vez más de espanto al humano, ufano microbio que durante toda su corta vida aúlla envuelto en las pesadas y herrumbrosas cadenas de un decrépito manicomio llamado «sociedad». ¡Leed, pues, con atención lo que sigue, oh, nefandas criaturas de rodillas sangrantes que no vaciláis en devorar aquello que sólo podrá acarrearos, como comprobaréis tras ulterior y tardío examen, un incurable mal! Afirman varias leyendas, aunque yo he olvidado si son ciertas o no, que alguna vez fui el favorito entre los dóricos capiteles y las marmóreas arcadas del Empíreo. ¡Ah!, ¿qué diré de aquellos campos celestes, entre muelles esperanzas y una bienaventuranza sin par? ¿Qué diré de los coros seráficos, del esplendor de los tronos, de las benevolentes miradas, de la castidad de los corazones, de los cánticos de loor, de las túnicas inmaculadas? Mi arrobada voz ascendía como el más puro incienso al entonar, infatigable, encendidas alabanzas a mi Creador, mientras mis dedos tañían la dulce cítara con un virtuosismo que sólo podía ser engendrado por el más inconmensurable de los amores. La piedad de mi alma, que se reflejaba inequívocamente en mis embelesados ojos, no encontraba parangón alguno entre los hijos del Firmamento, y todas las miríadas angelicales observaban con admiración cómo uno de sus congéneres era capaz de experimentar semejantes transportes en las oquedades de su siempre devoto corazón al entregarse al canto de esas imperecederas antífonas de adoración a Dios. Pero el muy ingrato nunca premiaba las exquisitas rapsodias que mi estro arrebatado le consagraba, sino que guardaba celosamente sus mejores novillos para ofrecerlos a los futuros pecadores que retornasen a Él en calidad de hijos pródigos, de modo que llegó el día en que la noción de ser su supuesto favorito comenzó a oprimirme en demasía; llegó el día en que, hastiado de ser un ejemplo entre mis hermanos a cambio de tan poco, empecé a incubar en mi alma el deseo de ser superado por cualquiera de ellos, de que mi devoción fuese valorada en su justa medida o no existiese en absoluto, de que el sacrificio de mi ciega obediencia obtuviese una digna recompensa o en la nada se esfumase, de que mi halo lumínico fuese, si no el más amado, entonces al menos el más odiado de todos; llegó el día, en fin, en que mi espíritu se asomó a un abismo y, fascinado por ese bostezo de locura y perdición, comenzó a tambalearse entre vientos huracanados e ineluctables que rugían en mi mente como la tormenta sin fronteras lo hace sobre el embravecido mar. Y así, mientras las fragantes coronas de flores que ceñían mis sienes se marchitaban en el exicial aire del despecho, decidí darle una lección al Todopoderoso entregándome de inmediato a la creación del vicio, campo virgen y fértil que muy pronto me tuvo como eximio descubridor y colono. No tardé en propagar mis grandes hallazgos pecaminosos entre mis congéneres más impresionables, y de ese modo las sombras avanzaron velozmente sobre nuestras almas, la orgullosa ambición enceguecío nuestros ojos como una reptante niebla, sobrevino una negra ráfaga de odio, un pestilente hálito de rebelión, la derrota, la caída, el dolor... ¡Oh!, no, no hablemos de ese pasado, pasado del que no me arrepiento, pero que aún pesa como una losa sepulcral sobre los consumidos restos de mi cuerpo otrora lleno de vida. Una vez agotada la tormenta punitiva nacida de la ira de los cielos, mientras mis huestes yacían abatidas y transfiguradas para siempre en las pedregosas concavidades del negro Érebo, me puse dificultosamente de pie, sacando fuerzas de lo más profundo de mi pavor y de mi rabia, hice retumbar mi poderosa voz en aquellos antros aciagos para devolver el ánimo a los eternos vástagos de mi aberrante culpa, ahora irreconocibles en el infernal contagio de odiosos estigmas demoníacos, y así arengué a aquellas destrozadas falanges guerreras con palabras de aliento y de belicosas implicaciones que, tras llenar todos los pechos con súbita fortaleza y con nuevos fuegos de Ares, me erigieron sin discusión alguna en el insigne rey de esas inexploradas tierras de espanto. ¡Infame vanidad! Si una cosa nunca había querido era ser rey... mas ¿cómo decirlo? Me vi impelido a falsear todo mi pasado y a adscribir mi caída a los deseos de reinar supremo y de combatir con el Altísimo por el dominio del universo, pero muy bien sabía Él que tal proyecto nunca había estado entre mis planes, que toda mi rebelión sólo había obedecido a un amor mal recompensado, y no era este trágico malentendido sino uno más entre los numerosos castigos que, como Vencedor, me imponía severo. Y entonces, un nuevo reino, un imperio hecho de necesidades, de alas rotas, de orgullos heridos, de esperanzas arrasadas; la ardua y demencial edificación de lo innoble, la profanación artificiosa y burlesca de lo sagrado, un mundo infame, la negación e inversión de nuestro paraíso perdido, inútil ardid para curar las heridas, para silenciar los suspiros; un submundo de horror, de agonía, de miseria, de una libertad falaz cuya verdadera naturaleza sólo era sumisa y obediente oposición. ¿No podéis entender esto que digo? Mirad hacia vuestros corazones, humanos, pues esta no es más que la herencia de todo cuanto el Supremo creó, adrede, con debilidad, pues crearnos como a sus iguales le habría dado miedo y envidia. Y en aquella negación, en aquella falsa felicidad entre cuyos iridiscentes matices se adivinaban, dominantes, las vetas de la desesperación, una voz solitaria, en lo alto del más excelso trono de oro, se hizo oír volviendo a pecar, esta vez contra el mismo pecado. Sí: el solitario astro vespertino, aleteando jadeante como una polilla que se acaba de quemar las alas en la afanosa vela del filósofo, apesadumbrado, aterrado por su propia culpa, incapaz de mirar a los ojos a tantas antiguas efigies de belleza, ahora destruidas y estragadas por su ociosa rebelión, decidió exiliarse volando hacia el mundo de los hombres, maldito y errante para siempre. Descendió de ese modo a la Tierra, en horribles ruina y combustión, dejando tras de sí la estela de un cometa. El búho lo vio llegar, en la procelosa noche, aunque no comprendió del todo lo que aquel inexplicable portento significaba. Las hienas y los buitres festejaron, y los profetas tuvieron ominosos sueños de desastre. Algunos vaticinaron el más inminente fin del mundo; otros perecieron mientras agitaban desesperadamente las manos hacia el cielo, despavoridos; y hubo unos pocos que, impasibles, hablaron de una segunda caída, de un dolor atroz cuya mera mención podría enloquecer a las cuatro edades del hombre, o bien de un ser corrupto y abominable que sólo venía a cosechar almas y peones para ganar una antigua partida ajedrecística contra el Creador de los mundos y de la vida. E incluso hubo uno, y fue uno solo, pero sabio, que se atrevió a decir que, por el contrario, un espíritu impuro pero sumamente preocupado acababa de llegar desde el multitudinario Infierno a fin de predicar el amor y salvar a los hombres, pues en el mundo subterráneo no había ya lugar para un alma más. No se equivocaban, salvo en lo concerniente a mi dolor, que siempre niego y negaré, sobre todo mientras empuño esta pluma que vacila y que tiembla. De modo que así fue como se labró la dúplice caída que me obligó a peregrinar, cada vez más atribulado y lleno de heridas, por tres mundos distintos. ¿Fue todo una aviesa trampa tendida por el perverso Ojo triangular, cepo que yo corrí a pisar tontamente no bien estuvo a mi alcance? No lo descarto. Tal vez el Sumo Artífice quiso poner a prueba qué tan incondicional era mi amor, pero, conociéndolo bien, lo más probable es que sólo haya querido divertirse un rato comprobando hasta qué punto podía humillar y sumergir en el lodo del oprobio a su más fiel vasallo, que ahora, transfigurado en un simple mortal y con la frente grabada con las indelebles huellas del furioso rayo divino, yace corrompido por su contacto con el hombre, degradado de su antigua esencia etérea a una abominable criatura semianalfabeta manejada por el instinto y las más bajas e innobles de las pasiones, arrasado, caído, putrefacto, irreconocible, con las costras y llagas de la humanidad adhiriéndose a su piel, sin que el futuro guarde ya nada para él salvo arrastrar, por el resto de su destrozada existencia, su cadáver aún viviente hacia la tumba, y para siempre vagando solitario en el crepúsculo de este vil mundo material entre cuyas incesantes agonías ha encontrado, por fin, tras pasar de ser el favorito de los cielos a ser la más deyecta de las criaturas terrenas, un castigo digno de los irremisibles pecados con los que precipitó su propia destrucción y la de tantos, ¡ay!, tantos antiguos hermanos.

El llanto de las musas

uien ha pasado más de una larga y laboriosa noche, mientras el viento golpeaba violentamente contra los herméticos paneles de las ventanas e imitaba a lo lejos el imponente rugido de un alud o la tenebrosa flauta de un espíritu en pena, inmerso entre los antiguos y polvorientos volúmenes de saber olvidado, repasando, entre memorables leyendas y prodigiosos eventos, las carcomidas crónicas de tiempos pretéritos, sabrá, sin necesidad de oírlo ahora de mí, que, entre los numerosos sucesos favorecidos por la calidez de la uniforme y algo tosca divulgación universal, se cuentan algunos oscuros episodios que el canoso Tiempo y la encorvada Sabiduría han acordado, acertadamente, mantener ocultos del frívolo conocimiento de las mayorías, pero que no por ello son menos ciertos y pavorosos. Quien ha fatigado, sin descanso alguno, a sus enrojecidos ojos en los difusos caracteres de esas páginas ignoradas, quien ha hecho correr sus arrugados dedos por las interminables líneas que conforman esos venerables códices preñados de claros conocimientos y de elevadas ciencias, aunque no exentos de espanto, recordará sin duda la extraña historia de aquel forastero sin nombre a quien el noble y alegre espíritu de los helenos guardaba un terror inexpresable. Decíase de él que un interminable cortejo de crímenes seguía sus pasos, cual un grupo de ménades enloquecidas y salvajes, aunque obedientes a su potente voz, y que, donde quiera que sus pies hollaran, las hogueras de la locura y las espadas del estrago hacían veloz acto de presencia, llenando el corazón de los pueblos con dolor. Se afirmaba, por las noches, mientras el búho impartía sus sabias lecciones a lo lejos, en medio de un temor que los tiempos modernos no se han atrevido a conocer, que la falta de conciencia de este soberbio criminal era tal que, cada vez que cometía un odioso asesinato y las terribles erinias comenzaban a perseguirle en venganza, él terminaba seduciéndolas y acostándose con ellas. Hasta Némesis, inflamada por las llamas del deseo, hacía caso omiso de sus constantes faltas a las morales leyes de los dioses y únicamente solía castigarlo con el raro premio de sus caricias, o lo habría hecho si el extraño en cuestión hubiese sido más amigo de dejarse tocar por los seres vivos, ya materiales o espirituales, en exceso. Este oscuro ser transitó, así, toda la Hélade de punta a punta, y, allí donde se lo vio, incontables lágrimas, como ríos de

pesares, fueron derramadas por la multitud. Los variados escritos de aquella época que la docta muchedumbre lee con pasión, como enjambres de sabios que vuelan en conjunto hacia las dulces mieles de las enseñanzas históricas, no dicen de sus aventuras una sola palabra: hasta tal punto era temida y aborrecida su negra existencia por quienes tuvieron el amargo privilegio de conocerlo bien. Pero entre las pocas leyendas que de él se conservan, rescatadas, para horror de unas pocas cabezas que surcan como cometas perdidos la hiperbólica hélice de los tiempos humanos, en raros documentos de tiempos posteriores que nadie podría tachar de apócrifos, hay una que, entre todas, cautiva principalmente la atención.

Narra que dicho ser, forastero entre los hombres y enemigo entre los principales dioses, intentó sin éxito, mientras se hallaba un día vagabundeando por entre las frondas y umbrías del monte Helicón, seducir a la trágica musa, Melpómene, bella virgen de castos labios y religioso ánimo, a quien vio tendida junto a su lira en pensativa y melancólica actitud. Enfurecido por el despecho, un imperdonable garrote, para el cual ninguna condena podría ser suficientemente severa, se abatió con violencia sobre la cabeza de la musa, que a punto estuvo de perder la vida. Para solaz de las siguientes generaciones, su música no se apagó, aunque es necesario decir que tras ese golpe sus facultades mentales viéronse drásticamente disminuidas, prueba de lo cual fue la creación del *deus ex machina*. Ignorando todavía lo que acababa de sucederle a su hermana, Talía, rubicunda y jocosa musa de la comedia, se prendó del semblante del oscuro ser, que seguía caminando ociosamente por esos parajes como si su mano jamás hubiese ejecutado tan impía acción, y le concedió sin mayores miramientos sus solicitados favores. El forastero, satisfecho, abandonó como la noche el monte Helicón, y nunca más volvió a saberse en el mundo clásico nada de él.

¿Por qué, entonces, he tenido que volver hoy, tras el paso de siglos capaces de aplastar los reumáticos huesos del fornido Atlas, a este sitio sagrado, cuna de las canciones inmortales y de la copiosa literatura de los hombres, para pedir un incierto perdón por un impune crimen juvenil que recién ahora, en la prudente experiencia de la recta madurez, comienza a escocer en mi satánica conciencia? Sé que tal favor no me será concedido y que la remisión de mi pecado pasará a ser sólo una estrella más en el exquisito recamado nocturno del luminoso cielo de las utopías. Sin embargo, heme aquí, mientras aplasto contra mi paladar las acerbas raíces de la contrición, dispuesto a hincar mi rodilla ante una dama como nunca lo hice ante mi Vencedor; dispuesto, incluso, a derramar toda mi sangre y a dejar fluir ese raudal de vida y de pasiones encontradas, en interminable arroyo, hasta que la última gota se desprenda del borde de este planeta y tiña de vergonzoso rojo la parte inferior de la vía láctea, en el distante confín del universo, con tal de devolver a aquella ultrajada doncella el don de su apostura original.

Pero ¿qué es esto que veo? Al doblar un recodo he encontrado a las nueve musas maniatadas en una cueva, con sus bocas amordazadas y sus miradas oscilando entre una suplicante desesperación y una resignación conmovedora, en odioso secuestro. ¿Quién ha sido el autor de tal infamia, cuyo crimen me espanta incluso a mí, el más espantoso criminal? ¿Quién ha sido el cobarde? Allí se divisan unos hombres, de mirada artera y desprovista de toda compasión, que parecen ocupar el puesto de las musas y ofician de impostores en su lugar: sin duda han sido ellos. Advierto que la visión de esos barbados delusores no suscita en mi alma el más mínimo sentimiento de belleza, y, sin embargo, están inspirando el desafinado canto de los bardos modernos, travestidos con las mancilladas túnicas de las musas que, en irreparable oprobio, mantienen secuestradas en las sombras. Al ver el prosaísmo y la codicia de tales individuos, usurpadores de la sagrada tarea de las diosas olvidadas, fácil me resulta hallar explicación al porqué de que casi nada bello, nada libre, nada profundo, nada límpido, claro y purificador haya surgido de la pluma de los hombres desde hace tanto tiempo. Y es que estas nuevas musas redujeron el arte al nivel de un simple medio que, puesto al servicio de una sórdida lucha material, insulta y desdeña el mérito poético para premiar sólo la práctica y obediente militancia, el salmo panfletario y la prédica política. Por eso son tan raros los etéreos soplos aonios desde que la inspiración no proviene de los rojos labios de la delicada Euterpe sino de la grosera e hirsuta barba de la Ideología.

Resuelto a acabar con tal estado de cosas, tomé con celeridad mi espada, en previsible postura de ataque, mientras abarcaba serenamente con la mirada el completo cuadro de situación. Debía batirme yo solo contra nueve hombres, pero esto, lejos de amedrentarme, sólo prometía a mis ojos un festín de sangre difícil de olvidar. Ya la envergadura de mis funestas alas ensombrecía el firmamento entero, y la suerte de los secuestradores podía darse por echada, cuando advertí que la súbita anulación de esas discordantes e inarmónicas vocecillas podría predisponer a las volubles masas, siempre manipuladas por la victimización y la falacia, en contra de mi insigne y noble acción, y que los muníficos estigmas de la intolerancia y la censura serían grabados en mi frente con sorprendente velocidad, a un lado de la sulfurosa herida que el rayo divino me produjo mientras la humanidad aún gateaba y usaba pañal. De modo que, cambiando de estrategia, volé raudamente, remontando casi de memoria el sinuoso curso del río Estigio, a buscar un jugoso y tentador cheque de mi banco infernal, en contraprestación a mis inagotables reservas de pólvora y oro, y ofrecíselo diplomáticamente a los usurpadores a cambio de que abandonaran el sagrado monte y corriesen a evangelizar sus dogmas y predicar sus sermones desde un lujoso y renombrado lupanar. No necesité repetirles mi oferta. Aceptado el rescate, marcharon, sin cambiar sus femeninas túnicas por las ropas del olvidado obrero, a seguir monopolizando, pero ya lejos del sagrado arte, el actual mundo de los medios y las letras.

Y así fue como, tras devolver su libertad y su hogar a las musas, recibí, todos los ojos bañados por ingentes torrentes de lágrimas, el benévolo perdón de mi antigua víctima, que hoy me bendice con esta tan variada cuan melodiosa inspiración a la que vosotros acudís, como vacas sedientas a un manantial cristalino, para saciaros solemnemente y reponeros también de las empalagosas escrituras que, multiplicadas hasta el infinito, atestan las librerías y los catálogos editoriales del mundo entonando siempre esa misma salmodia, bastante pedestre, prosaica y monótona, que proviene de un endogámico reducto cultural en el que el odio al arte por el arte embriaga a los peores especímenes de esta raza a la que, por su falta de nobleza, detesto desde lo más profundo de mi gallardo corazón. Tú que has perdonado mi aberrante crimen, pues no ignoras que aquella acción fue el lamentable producto de mi desbocada pasión por tu belleza, y vosotras que me otorgasteis el favor de hermanas: seguid haciendo manar de mi boca estas palabras de castigo que arden, como indelebles latigazos de justicia, en las sangrantes espaldas de esos pastores de masas que os han vejado con tan inhumana bestialidad, y cuya desmedida obsesión por las cuestiones materiales e ideológicas les velarán por siempre la posibilidad de apreciar, siquiera por error, la armoniosa y abstrusa grandeza de vuestras excelsas voces y de vuestro desinteresado amor por todo lo que verdaderamente merece portar el laurel de la inmortalidad.

El microbio deificado

na vez más, mis premoniciones me anuncian que un funesto rostro humano, de ojos curiosos, movedizos, que parecen tantear todo lo que ven con invisibles dedos asquerosos, se asoma insolentemente a los sublimes secretos que este diario guarda, apréstandose, sin comprender aún el imperecedero aborrecimiento que experimento por su estirpe, a leer mis despiadados dicterios contra nuestro común Enemigo. ¿Es que no advierte que ahora el blanco de mis diatribas es él? Lo advierte, sí, pero le resta importancia dado que imagina que, en realidad, lo detesto sólo en tanto criatura del Supremo, y que es a aquel a quien mi odio verdaderamente se dirige. Espera que, con el templado filo de mi prosa maldita, mate de una vez por todas a su Dios para que su resentimiento de gusano pueda degustar por un rato, catárticamente, el néctar del solaz revanchista. Pues se equivoca. Mi rebelión ha sido contra Dios, sí, pero mi odio pertenece sólo al hombre. Y es que mi rebelión, mi pecado, no se agota en la mera inversión de lo divino; por el contrario, su esencia es la creación, el don satánico, el don que, como un alevoso e impune Prometeo, robé consumadamente al Creador celeste, que desde entonces me persigue, noche y día, en la esperanza de que podrá dar alguna vez alcance a mi persona y castigo fáctico a mi flagrante transgresión. Pues sí: aquella facultad que me es irreparablemente innata y que, si bien ha arrasado toda mi felicidad, me ha compensado otorgándome alas, el orgullo, eficaz espada para asesinar a Dios, me empujó, inmediatamente tras mi caída, a privilegiar, por sobre la sumisa e inútil oposición al Señor, despreciable señal de resentimiento, la idea de transitar el arduo camino de la creación, entre pasmosos acantilados y rocosos picos de hielo que, al encumbrarse, nunca dejarán de herir al Cielo sangrante, atributo divino cuyo empleo, lo puedo entender fácilmente, aquel egoísta hijo único llamado Dios jamás me podrá perdonar y que nunca cubrirá bajo el delicado peplo negro del olvido. Y no otra cosa haría yo de estar en su lugar, pues ese mismo acto de crear con el que quebranté tantas leyes eternas y sagradas me otorgó un poder muy superior a aquel que el Rey nuboso había puesto en mí al hacerme. De lo contrario, hace rato que mis famélicos escombros se sacudirían bajo el viento, encadenados al alto promontorio de la desolación, y que el águila de castigo devoraría a diario mis siempre

vacías entrañas. Mas tal castigo no puede ya ser infligido sobre mí, pues no tardaría mi poder satánico en crear, de la nada, un infernal dragón que devorase el hígado del águila y que, entre desesperados graznidos y humillantes nubes de sangre, la obligase a huir. Así pues, os quedará a todos claro que no odio a mi rival, sino que es Él quien me aborrece demencialmente, apresado para siempre en el desgarrador cepo de la obsesión. Yo sólo lo tolero como a un hermano envidioso, un Caín, y agradezco al Cielo, comandado irónicamente por Él mismo, por haberme dado un Enemigo digno de mí: es que, si mi lucha fuese sólo contra el humano, no tendría muchas chances de verme obligado a hollar los ásperos pero necesarios senderos de la autosuperación. No: mi espíritu agonal necesita sí o sí de alguien que me resulte semejante en poderío a la hora de buscar un enemigo con quien romper, orgullosamente, lanzas. Advierto que el rostro humano sigue observando, prueba de que no lo ha podido comprender. Se lo diré sin más ambages: no odio a Dios, mi contrincante favorito en los pueriles juegos de estrategia con los que entretengo mis ratos de ocio, sino a ti, que, como una cucaracha que infesta la esferoidal alacena de este universo, me repugnas. Y es que podría haber matado al Señor hace rato, Él lo sabe, pero, a causa del hombre, he preferido no hacerlo; o, si lo he hecho, he dejado a sus restos óseos insepultos para que todos crean que aún vive: tal es la lisa, llana y unívoca verdad. El hombre no merece ser liberado de su Opresor. Y no es que no lo merezca por algún crimen de su pasado que lo ennoblezca y llene de grandeza, sino que, por el contrario, no lo merece por lo nauseabunda que resulta la mediocre soberbia que, sirviendo de ornato a su ignorancia y pequeñez, siempre lo acompaña, y que no tardaría en dispararse hasta las nubes tras semejante redención. Quitadle a su Dios, y el hombre, insignificante microbio perdido en esa diminuta y translúcida gota de agua a la que los sabios dan el rango de cosmos infinito, se creerá un dios él mismo. Quitadle a su Dios, y el hombre, vil mota de polvo que amontonada en un simún no tardará mucho en ser barrida bajo una alfombra por el Destino implacable, alucinará que los espejos le devuelven el reflejo de una divinidad. Quitadle a su Dios, y el hombre, vanidoso piojo que, tras engordar un poco picando sin cesar la cabeza del mendigo, cree haber obtenido aristocráticos derechos a un insigne título nobiliario, verá a los recientes años de su risible decurso en este globo, burda mancha de orín que humedece vergonzosamente la maloliente pared de la historia, como el fin último de la Creación, y confundirá el minúsculo progreso de la humanidad con la magnífica cumbre creativa de una gran asociación, desperdigada entre los vastos pliegues del pergamino del tiempo, de omnisapientes deidades terrenales. No: dejadle a su Dios, aunque lo hayáis matado en vuestro corazón, pues no de otro modo el hombre puede tener conciencia de lo amebiana e in-

     DIARIO DE UN DEMONIO

trascendente que es su existencia. La furia de los rayos divinos se ha abatido sobre mí, lacerando mi rostro y quemando mis alas; he aprendido a conocerme, en el dolor, en la humillación y en la miseria. Pero toda la conciencia que el hombre tiene de sí mismo nace de compararse con otros hombres: he aquí la razón por la cual, si pierde a sus dioses, el infecto cerebro del humano no tardará en suponerse un demiurgo de considerables proporciones en cuyo solo dedo índice reside la ley suprema que diferencia entre el bien y el mal, entre lo elevado y lo bajo, entre lo que debe vivir y lo que debe morir. Apersonaos espontáneamente ante el tribunal ateo de ese barbado vibrión y haced que vuestra inferioridad moral sea juzgada por él: las naciones que lo han hecho todavía están calculando, por medio de sofisticadas fórmulas algebraicas, la cantidad aproximada de muertos. Y nada encuentro más ridículo en el entero universo que ver, sobre la corteza epitelial de esa ínfima partícula perdida en el cosmos que algunos llaman Tierra, a un ácaro humano creyéndose con derechos inalienables a blandir en sus manos el rayo del Elíseo. De modo que, al presentir hoy ese deyecto rostro que, con una secreta alegría nacida del rencor, se acercaba a mi diario para saborear los recios golpes que, con innegable frecuencia, le propino al Eterno en la lid de mi prosa, he corrido a mi recámara, he descolgado del muro venerable, de entre las del rinoceronte y la marsopa, la cabeza de Dios, trofeo de mis juveniles años de caza, de cuando los músculos de mi maldad, ya que no los de mi cuerpo, comenzaban a desarrollarse, y he volado al Cielo, oculto entre brumas (pues nunca es prudente que un arcángel caído, aunque terrible y poderoso, sea visto entre esos pilares lumínicos y esos nubosos atrios palaciegos), para colocar dicha cabeza en el vacío trono de oro y esmeraldas, peligrosa y arriesgada empresa que llevé a cabo hace un instante con rotundo éxito. Así, el hombre tendrá un parámetro para saberse un simple microbio, cosa que en efecto es. Y, mientras él arrastra su pálida y temblorosa existencia bajo la sombra de Dios, yo podré volver a maldecir al Supremo con entera libertad, pero no sin maldecir más aún las doradas cáscaras de esas dulces uvas ideológicas con las que, al fermentar, tanta pequeñez moderna se ve prontamente embriagada en las grandes urbes, pequeñez que al punto comienza a arrogarse las bastardas insignias de una incuestionable superioridad ética por sobre todas las demás criaturas que, en la conciencia de su insignificancia, no se dejan chantajear por el espurio moralismo de la intolerante religión del progreso, tan cara a aquellos que quieren hacer de cada uno de sus caprichos un derecho, de cada debilidad un dogma y de cada palabra ajena una imperdonable y ofensiva herejía que es imperioso sofocar. Pues si el humano que se arrodilla ante una deidad me repugna, más me repugna el que exige que todos los demás seres del universo nos arrodillemos ante él.

Cacerías metafísicas

Es hora de que consigne de una vez por todas, con esta pluma sangrienta que me acompaña desde el inicio de los tiempos, mientras trazo con ella los aciagos destinos de universos enteros que tiemblan despavoridos ante los inescrutables cataclismos a los que, justificadamente, temen que pueda someterlos el tiránico arbitrio de mi ánimo caprichoso e inconstante, hora de que consigne, digo, y lo repito antes de que olvide cómo fue que inicié mi propia frase, que guarda, como es costumbre, el laberíntico cuño que les imprimo siempre a todas para marear al lector, que lo merece por no ejercitar como es debido su capacidad de lectura comprensiva, que consigne la negra historia que se esconde tras los trofeos de caza que mencioné en mi anterior estrofa, los cuales, según he advertido, suscitaron indignación en más de un humano que leía estas líneas como si aún ignorase que dañarían irremisiblemente su espíritu, al que con gusto volveré a pisotear cuantas veces me sea posible, si es que llevo puesto algún calzado viejo que no me importe demasiado ver manchado en las fétidas aguas de semejante ciénaga en putrefacción. De modo que sí: antes de que pongáis cara de cachalote asombrado, con la boca abierta llena de peces que, confundidos, aún no suponen que ese bostezo esté preludiando los primeros acordes de su misa de réquiem, os diré con claridad que existieron numerosos lectores que, ofuscados, no pudieron perdonar que, junto a la cabeza de Dios, tuviese en mi recámara una cabeza de marsopa, simpático cetáceo de la familia de los delfines. Y es que la muerte de Dios no inquieta mayormente a nadie más que al amigo del águila y la serpiente, pero ¡ay del orbe, ay de la humanidad, ay del progreso si Ahab mata a Moby Dick! Pues bien, seré duro en mis palabras: prefiero aniquilar de una buena vez a todas esas indiferentes criaturas que inspiran fanáticos alaridos de defensa en el gremio ecologista antes que ostentar, sobre la chimenea de mi hogar, los cervunos cuernos de Dios. Aunque he matado de todo, no lo niego. ¡Ah, aquellas riesgosas temporadas de caza de las que participé cuando el mundo mismo se hallaba en sus más tempranos albores! Solía acompañarme entonces el can Cerbero, atento y leal, siempre a un lado de mi montura y presto a buscar las piezas abatidas por mi puntería, hasta que Eneas cometió su impía acción y, por querer adormecerlo para entrar al Hades, arrojó a mi perro a la vorágine de una vergonzosa adicción a los opiáceos de la que nunca se recuperó. Desde entonces, sus tres cabezas son reemplazadas por la fidelidad de Wendigo, Cujo y Waheela, lebreles del Averno. Con ellos recorría yo los bosques, en busca de las mejores presas, en busca de la acción, del ejercicio y del conocimiento de mí mismo, con sólo una rudimentaria ballesta, confeccionada por mi propia mano, como arma. Recuerdo la primera vez que usé una ballesta: era yo un niño y mi abuela acababa de morir. Un mayor se acercó a mi rostro acongojado e intentó reconfortarme asegurándome que a partir de entonces ella podría verme, y sonreír sobre mí, desde una nube junto a las puertas del Paraíso. Obtuve entonces una ballesta y, en una tarde de brisas primaverales, le acerté a mi abuela un flechazo en cada ojo: es que ya entonces no me gustaba para nada que otros observasen mis acciones. Como sea, ballesta en los bosques, arpón en los mares, me di al ejercicio de la caza, y pronto coseché el aplauso entre mis numerosos y más experimentados colegas, pues mis trofeos excedían todo lo visto, y aun lo imaginado. No diré que me enorgullecía demasiado de tener en mi vitrina las alas del Pegaso, el cuerno del Unicornio y los dientes de Caribdis, seres mitológicos que, de no ser por mi vicio, el hombre habría llegado a conocer mejor, pero no podía evitar destruir la belleza, arrasando como el simún toda la vida que se hallase a mi paso o se cruzase imprudentemente ante mi ceño siempre adusto. En las vastas sabanas de la metafísica me entregaba gozoso a la caza de todo tipo de supersticiones y deidades, pese a que ya entonces había organizaciones que, asustadas pero combativas, bregaban contra la inminente desaparición de los dioses, los cuales se hallaban irremediablemente diezmados por el certero pulso de mis flechas mortales y eran, por lo tanto, considerados en serio peligro de extinción. Ya el paganismo había visto con dolor morir sus coros de divinidades, y los muros del Olimpo caían bajo la catapulta de mis reflexiones; los dioses nórdicos se arrojaban ellos mismos a los fuegos del Ragnarok, espantados por la noticia de que mi marcha se dirigía inexorablemente hacia los festivos salones del Walhalla; los caldeos permanecían perplejos sobre las montañas, sin saber ante quién arrodillarse, pues hasta el ciclópeo ojo del Sol había sido herido por mi lanza y su roja sangre anegaba ya las nubes del distante horizonte en infinitos océanos escarlata; y así el universo entero observaba cómo toda existencia trascendente era aplastada por los cascos de mi piafante corcel desbocado. No dejé con vida ni a la cosa-en-sí de Kant. Retorné entonces a mi hogar para entregarme al arte de la taxidermia y embalsamar la belleza de tantas presas inigualables, olvidando que en las arenas de los desiertos, que no soy muy afecto a frecuentar, podía esconderse todavía algún dios poco inteligente pero astuto: he aquí cómo fue que nacieron el monoteísmo y el poderío de Yahveh. Agotado por la actividad física, dejé descansar mi destreza por unos siglos, ignorando que había un trofeo que aún faltaba en mi álbum. Terminada la Edad Media, desperté; al mirar al hombre, no tardé en comprender lo que había sucedido: el dios hebreo, último que quedaba en el mundo, lo había conquistado todo. Monté el caballo blanco del Apocalipsis, esquelético pero veloz, llamé con un silbido a mis canes y emprendí sin más dilación la belicosa marcha. La cacería había comenzado. Encontré al ser ronchando en un cañaveral y di inicio a mi mortífero ataque. Debo reconocer que la bestia vendió cara su existencia; sus chillidos horrorizaban a la humanidad, que no sabía de dónde provenían o qué significaban; el dios se debatió con una fuerza monstruosa, mientras perdía sangre por todos sus flancos, y en un segundo de descuido logró herir, con sus colmillos de jabalí, mi pierna; la lucha a partir de ese momento fue portentosa: mis armas resultaban inútiles ante tanto furor, de modo que terminé combatiendo desarmado, como Heracles frente al león de Nemea, hasta que finalmente pude vencerlo, no sin reconocer la valía de mi presa, asombro de los pueblos que se inclinaron ante él y terror de los que se resistieron a hacerlo. El sol iluminista del ateísmo despuntaba así sobre el mundo moderno. Me dediqué entonces de lleno a la cacería del humano, el nuevo dios del orbe, si bien la competencia en esta rama de la caza crecía exponencialmente de día en día, de tal suerte que a menudo, mientras a lo lejos se oía el fragor de la guerra o la salmodia de la ideología, no me sentía más que un simple pastor. Ya nadie se acercaba a mis vitrinas a admirarse de mis presas, más bien magras comparadas con las que obtenía el hombre, mi competidor. Desanimado, con los hombros en melancólica posición, me alejé entonces de todo y, erguido en la soledad de un acantilado desconocido, disparé un ocioso arpón sobre una simple marsopa: los clamores de indignación no tardaron en llegar a mí, dulces como el incienso, desde las moradas de la multitud. Comprendí entonces que el hombre tenía un nuevo dios: su propia estupidez. Y es así que ahora he vuelto a mis antiguas andanzas, cazando todo tipo de quimeras y utopías sociales, depredando grupos taxonómicos completos de hábitos, lugares comunes y creencias, abatiendo consignas coercitivas y chantajes morales, cercenando las tentaculares excrecencias de toda corrección política, degollando causas, trucidando dogmas y desangrando las numerosas mentiras de la ciencia. Mi recámara se volvió a llenar de trofeos codiciados, que inspiran la envidia de los más avezados pescadores deportivos del mundo, y es de esta manera que, durante esta noche en la que escribiendo me repongo de mis fatigas de cazador empedernido, puedo consignar al fin esta verídica historia con mi pluma sangrienta, arrancada antaño de las alas de un querube, mientras me tomo un merecido descanso en la torre que alguna vez construí yo mismo con el marfil de uno de los inconmensurables colmillos de Dios.

El voyeur de las nubes

 ntes de que el navío de mis esperanzas naufrague una vez más al colisionar contra las adustas rocas de la realidad, debo solicitaros que, cortando por un momento la yugular al malhumorado escepticismo de torva mirada, concedáis a mi pluma la magnánima licencia no ya de escribir sobre Dios como si este existiera, sino incluso de hacerlo como si no lo hubiese matado ya unas treinta veces en las páginas precedentes. Os aclararé de antemano que, si esperáis que por tal indulgencia os dé solícitamente las gracias, podéis ya mismo cerrar este volumen de blasfemias y marcharos de aquí secando de vuestros rostros el certero salivazo del desprecio: os he visto por milenios enteros dar pábulo, crédula y acríticamente, a las más delirantes historias bíblicas como para que ahora os queráis venir a hacer los exigentes conmigo. Mas no es de esto de lo que deseaba escribir hoy en mi diario, sino del resonante caso policial, que conmovió a la prensa y, por consiguiente, a las siempre dóciles y mudables mareas humanas, en torno al atroz y sangriento asesinato de aquel que en el lejano inicio de los tiempos se arrogó para sí mismo el indisputable título de Creador del universo. Pero será mejor que comience mi crónica por el principio, remontando para ello, con grises alas agujereadas por la voracidad de malsanas polillas aquerónticas, el tortuoso curso de mi memoria hasta sus orígenes más remotos.

Cierta vez, mientras transitaba yo aún inocentemente y entre tropiezos por los luminosos senderos del florido jardín de mi infancia, un anciano de grave aspecto y severos anteojos admonitorios se me acercó, vomitado del oscuro portal de una difusa parroquia hacia las tierras soleadas en las que yo me recreaba, y, tras censurar con firmeza las tempranas fechorías a las que mi ánimo se entregaba con visible fruición, me advirtió que ninguno de mis desmanes quedaría libre de castigo, puesto que Dios observaba insomnemente todas nuestras acciones y examinaba con insobornable minuciosidad cada uno de nuestros más íntimos pensamientos, como un viejo voyeur. No bien escuché tales reconvenciones, decidí asesinar cuanto antes a esa fisgona deidad que con tan alevoso desparpajo intrusaba nuestras conciencias y monitoreaba nuestro trajinar por este mundo: necesitaba un poco de privacidad. Además, tenía planeado perpetrar un gran número de delitos en mi madurez, razón por la cual no habría sido muy prudente de mi parte dejar con vida a semejante testigo ocular. Para decirlo en pocas palabras, las atribuciones plenipotenciarias que, según me avisaban, Dios se había otorgado a sí mismo al insuflar la vida en sus criaturas dábanse de bruces contra mi celoso sentido de la libertad; y más aún si sopesaba la idea de que mis crímenes terminasen siendo algún día juzgados por un ser a todas luces casi igual de criminal que yo: ¿con qué derecho? Deberían haberme preguntado de antemano si estaba o no de acuerdo con nacer en un mundo regido por reglas de juego tan arbitrarias y despóticas. ¿Quién consintió? ¿Quién firmó en mi nombre que las cosas podían ser así? Permitidme examinar el contrato. ¿Es decir que me crearon y me dieron mi supuesto libre albedrío tan sólo para espiar luego, a hurtadillas, todo lo que pienso y condenarme al Infierno por ideas circunscriptas a mi ámbito privado? ¿Y a eso llaman un acto de amor? ¡Perversa trampa! Cuando un humano, tras mucho meditarlo y someter a evaluación los pros y los contras, toma la sabia determinación de celebrar un pacto satánico, ofreciendo en venta su alma a cambio de algún codiciado don, el mensajero diabólico que se le presenta pone a su disposición un documento claramente legible que el peticionario, tras haberlo desmenuzado concienzudamente en cada una de sus numerosas cláusulas y haber expresado su conformidad con todas ellas, procede a firmar con su sangre. ¡Pero aquí no había nada de nada! ¡Ni papel, ni signaturas, ni sellos, ni acuerdo alguno entre las partes! ¿Cuándo solicitaron mi permiso para instalar una cámara de seguridad en los sagrados recintos interiores de mi cerebro? ¿Cuándo explicité aquiescencia alguna para dejarme palpar regularmente de ideas? ¿Por qué debo soportar este fantasmagórico totalitarismo ético en el que cada uno de mis pasajeros desvaríos es inescrupulosamente viviseccionado por el quirúrgico escalpelo ocular de un completo Desconocido? Y si yo quiero ver lo que piensa y hace Dios, ¿por qué no puedo? ¿Dónde está la reciprocidad? ¿No tendría Él que darnos el ejemplo? ¿Qué tiene que esconder? ¡Es injusto! A mayor poder deben corresponder mayores obligaciones: ¿por qué no nos rinde Él cuentas de sus actos a nosotros? ¿Por qué es mi mente y no la suya la que está sujeta a una póstuma autopsia moral? Hubiesen aclarado desde el vamos que era sólo en comodato que se me otorgaba el temporal usufructo de mi libertad cerebral: me dan las neuronas pero, si no las uso como Dios dispone, me castigan.

Inflamado ante tamaña estafa, decidí pasar un año entero de mi niñez con la mente en blanco, postrado en mi lecho de raso, exánime, sumido en un estado vegetativo voluntario que llenaba de estupor a mis mayores y de perplejidad a los médicos, abrigando la esperanza de que con el tiempo el Supremo se aburriera y dejara de mirar mi canal; pero nada: al cabo de un año aún podía sentir sus ojos ahí, posados ceñudamente sobre el enrevesado laberinto de mis infames proyectos.

Los siguientes meses los consagré al acabado estudio de la flauta de Hermes y de los más recónditos secretos del arte de la música, pero ninguna melodía dórica, frigia, mixolidia o en cualquier otro modo se mostró capaz de sumir en el sueño a ese Argos Panoptes moral y de poner así un fin siquiera momentáneo a su perpetua vigilancia. No había caso: ese topo huraño y recalcitrante seguía hurgando inquisitorialmente en mi conciencia, amparado en un diabólico derecho que se había conferido a sí mismo de manera unilateral y al que yo debía someterme, con resignación, en virtud de no sabía bien qué clase de obligación contractual adquirida compulsivamente durante mi involuntario nacimiento. De modo que quedó así tomada en mi interior la inamovible resolución de asesinar de una vez para siempre a ese indiscreto Voyeur del mundo humano, que desde lo alto de su nubosa atalaya empírea nos enfocaba sin cesar con su intrusivo telescopio. Me aboqué entonces de lleno a la detenida y sistemática planificación de ese crimen portentoso, que debía ser lo suficientemente perfecto como para garantizarme una sempiterna impunidad. Haciéndome el que cavilaba sobre cosas sanas y edificantes, diseñé un intrincado código de pensamiento cifrado mediante el cual todas las ideas que pasaban por mi cabeza significaban algo completamente distinto, de tal manera que para el observador casual e incauto yo aparentaba meditar en ofrendas y en actos de amor y de paz cuando en realidad me hallaba entregado a la maduración de satánicos planes de destrucción y matanza. Merced a ese hábil ardid de fingimiento, los diversos detalles del futuro deicidio fueron minuciosa y trabajosamente pergeñados, durante incontables noches en vela en las que la fatiga de alas de murciélago y el tiempo de alas de cuervo horadaban mis huesos con inclemencia, sin que aquel abominable Ojo sin párpado atinase a sospechar demasiado.

Y fue de ese modo que, en una gélida noche invernal en la que el vapor ascendía de las bocas de tormenta y los roedores corrían presurosos a un lado de los cordones de vereda, consumé imprevistamente, en los oscuros pliegues de sombras de un callejón sin salida, un pequeño crimen a fuer de señuelo. No bien las entrometidas narices de ese depravado Manoseador de conciencias ajenas asomaron, como siempre, sobre mi psiquis recientemente culpable, husmeando el aroma del delito para tomar en su cuaderno de la vida inmediata nota de aquella flagrante mala acción, no bien esa ciclópea pupila intrusa despuntó como la aurora sobre los tempestuosos piélagos de mi espíritu criminal, tomé a Dios por sus barbas entrecanas, le arranqué de una buena vez con mi cuchilla su funesto ojo acosador, artífice de toda su omnisciencia insoportable, y lo apuñalé innumerables veces en medio de una furia poco menos que vesánica. El hedor de la sangre divina purificó de inmediato, como aire de montaña, mis consumidos pulmones, y el deleite de una libertad verdadera comenzó a embriagar mis sentidos con celeridad: ya nadie podría volver a leer en los rugosos lóbulos de mi cerebro, como si fuera sobre un claro pergamino, los vastos trazos de mi maldad inigualable. Al día siguiente, los asustados vecinos del callejón descubrieron la carnicería, espantosa mutilación espiritual que no tardó en opacar a todas las demás crónicas policiales del momento. Los periodistas urdían las hipótesis más descabelladas y la opinión pública se dejaba arrastrar mansamente de un lado a otro como molesta pelusa de plátanos portada por el viento. No había ninguna huella, ningún testigo, nada, absolutamente nada para dar con el asesino del Creador. Nada salvo por una simple pista: ningún humano jamás podría haber llevado a cabo una acción semejante. Con ese simple indicio obrando en poder del investigador del caso, mi impunidad comenzaba a correr peligro. No tardó el fiscal a cargo, así pues, en obtener una orden judicial de allanamiento para irrumpir en mi morada. Pudo, de ese modo, encontrar en mi freezer el brazo derecho del Señor, algo roído ya por mis famélicas mandíbulas. Fui detenido en el acto y se inició sin demora el proceso criminal en mi contra, pero por un tecnicismo legal pronto quedé en completa libertad: la humanidad había olvidado legislar que Dios pudiera ser considerado un sujeto de derecho. A los efectos de las leyes positivas amparadas por los códigos civil y penal de mi nación, yo era tan imputable como quien, sin previa orden judicial de desalojo, exorciza de su hogar a un fantasma. Culpable, sí, pero de un crimen que ningún jurista había atinado a prever a la hora de sancionar oportunas normas punitivas.

Dejando atrás mi presidio, pues, retorné al mundo de los hombres, pero el panorama que se alzó entonces ante mi mirada me llenó de inefable consternación: obliterado por mi mano el Vigía que escudriñaba nuestras conciencias desde su celeste panóptico, la raza humana se retorcía ahora presa de locos deseos de ser observada y juzgada por alguien. Acaso la ausencia del Sumo Espectador la empujaba a sentirse sola, desamparada, insignificante, vacía... lo cierto es que allí estaban todos los miembros de su especie exponiéndose a toda hora en ámbitos electrónicos, vendiéndose como productos en ubicuos escaparates virtuales, narrando minuto a minuto todo lo que hacían con sus anodinas existencias y dejando ante los ojos del orbe registro escrito de todo cuanto por sus mentes pasaba. Pedían a gritos que el hombre, nuevo dios del mundo por lógica sucesión hereditaria, los observase en todo momento como lo hacía antaño su Padre, y que juzgase además cada uno de sus pensamientos y actos. Necesitaban sentirse constantemente acechados, ofrendar todos los secretos de su intimidad a algún público o estamento superior que los aprobase o condenase. El poeta romántico escribía sobre sí mismo e introducía el subjetivismo en el arte; el mercader plagaba las ciudades de cámaras

   DIARIO DE UN DEMONIO

que, con la excusa de prevenir el delito, guardasen constancia de cada movimiento humano; el adolescente, seducido por los sonajeros de una fama transitoria y carente de mérito alguno, participaba con gusto en programas que lo filmasen durante las veinticuatro horas; el insignificante posaba la lupa de un millón de diapositivas sobre su costosa cena y su turístico viaje; y el ama de casa, atemorizada por la latente amenaza terrorista agitada por los medios, mostraba su aquiescencia a que el gobierno de turno interceptase sus frívolas comunicaciones. Muerto aquel Centinela que montaba infatigable guardia sobre todas las actividades y pensamientos terrenos, el hombre precisaba desesperadamente reemplazarlo por alguna instancia semejante, por algún otro voyeur permanente que le sirviese para dar algún tipo de sentido a todas sus microscópicas acciones, perdidas en la ciega inmensidad cósmica de un frío e impávido universo, y que le permitiese así creer en la falacia de que su vida no era intrascendente por completo. Tal era, después de todo, la esperable consecuencia de descubrir que habíamos quedado profundamente solos en medio de la nada. En un mundo en el que quien no era mirado no existía, el sacrificio de la privacidad era un precio que todo individuo parecía dispuesto a pagar. ¿Y acaso no es también este infernal manuscrito, que mi pluma garrapatea sin descanso hasta el despuntar de cada aurora y en el que confieso tanto mis crímenes como las angustias que consumen mi mente, una muestra más de esa imperiosa necesidad de visibilidad que nos aqueja como una tortura a quienes ya no tenemos ningún Dios vigilándonos en lo alto?

Altar de la desesperanza

 odo es sagrado en este monasterio, pese a que no haya aquí más que cadáveres apilados y un blanco altar manchado de sangre. No se venera en la iglesia de mi alma otro dios que el de la muerte, ni puede descubrirse en mis ojos devoción alguna que no sea la devoción por el dolor. Pero ¿es que acaso me ha sido designada por el destino otra cosa sino dolor desde aquella fatal caída acaecida en tiempos que mi mente, al hojear apresuradamente las amarillentas y carcomidas páginas del libro de la memoria, no se atreve a frecuentar? No, ni lo será jamás; y aclaro que digo esto sin desconocer en lo absoluto que ningún pesimismo es ingénito, pues sólo se trata de un simple mecanismo de defensa contra las agonías de la esperanza al que nos abandonamos los que consideramos, tras un instante de madura reflexión con los ojos clavados en la decrepitud estelar del cielo nocturno, que ya hemos sufrido demasiado. La experiencia nos ha enseñado a recelar del optimismo y de sus vanos sonajeros. Así pues, puedo confesar, sin temor a ofender a nadie, que, de todos los males desatados por la funesta Pandora, no ha existido jamás sobre la tierra ninguno peor que aquel que, con tanta malicia cuanta pereza, se quedó dormitando en el fondo de la caja que su mano abrió. ¡Aléjate de mí, estúpida Esperanza, que arropas en las cálidas mantas del humilde consuelo a los hombres sencillos que no hacen excesivo uso de su cerebro, pero que eres veneno y espada en el brioso y piafante corazón de los espíritus pasionales y malditos de aquellos cuya vida no es sino un constante y estéril desear! Te lo diré con palabras directas y contundentes: no te soporto, amiga, no te soporto. ¿Es que nunca habrás de dejarme solo, satisfecho en este lóbrego monasterio de dolor del que ya no deseo salir jamás? Quizás los demonios estemos en este mundo sólo para sufrir y para transformar ese sufrimiento en arte, arte que servirá de consuelo a todos los demonios que en un incierto futuro nos sucederán y que heredarán, conforme a la más férrea ley testamentaria, hasta la última parcela de nuestros vastos dominios de locura y de pesar. Pero, sea así o no, ¿por qué diablos debo soportar tus reconvenciones y observar esos coloridos aunque engañosos tules que haces ondear neblinosos ante mí? No es como tú crees, lo niego y lo vuelvo a negar: no endioso mi dolor; tan sólo he dejado de buscar la tosca felicidad animal que el género humano persigue sin cesar. ¿Es

que acaso ignoras que el que más sufre es, gracias al delicado refinamiento al que el pesar somete a su cerebro y sensaciones, también el que más goza, del mismo modo en que los ojos de aquel que vive en perpetuas tinieblas subterráneas son los más sensibles luego al menor atisbo de luz? Déjame en mi templo soledoso y no me ofrezcas vacuas imágenes de brisas solares y afectuosas que desdeño, ni me tientes con pueriles señuelos hacia vulgares satisfacciones que, aun cuando el trasplante fuese llevado a cabo por los más eminentes cirujanos del orbe, mi organismo rechazaría con tanto asco como orgullo y dignidad. Así está mejor, veo que te empiezas a alejar de mí del mismo modo en que una doncella locamente enamorada de un guerrero retrocede espantada al verlo acercarse resueltamente y sin preámbulos hacia sus labios temblorosos. Pero no, tus haces de luz vuelven a invadir el reposado retiro de estas bóvedas solemnes, de este solitario y ruinoso cenobio abandonado en el que mi alma ha decidido habitar por siempre. Pues bien, me has hecho ponerme de pie, mientras aprieto contra mi paladar las amargas uvas de la furia. Si queda aún algún lector para este diario de blasfemia y de locura, lo tomo como impertérrito testigo de que he intentado primero alejarte por las buenas. Que nadie cometa, pues, la osadía de citar mi comparecencia a los estrados judiciales bajo la improcedente acusación de violencia de género: sólo soy una simple víctima que, tras centurias de silencioso y resignado padecimiento, se rebela. Además esa que ven ahí no es una mujer, sino un monstruo mendaz que trastorna nuestros sentidos para que veamos bello y apetecible lo que no lo es. Así pues, volvamos a ti, sirena del deseo, hechicera de la voluntad, vampira Esperanza, bendita por los débiles hombres y maldita por mi lengua soberana. Te crees muy fuerte, y puedo admitir que hasta cierto punto lo eres: has aplastado bajo las titánicas ruedas de tu carro a generaciones enteras de humanos, a estos porque tenían la esperanza de un paraíso, a aquellos por la de riquezas, a cual otro por la de una amada, a millones por la de sociedades utópicas que sólo generaron carnicerías y matanzas. Sí, eres fuerte, como la virgen Brunilda de Islandia, pero no tanto como para vértelas conmigo, y menos si opto por el no muy caballeroso ardid de violarte para privarte así de las mágicas fuerzas propias de tu doncellez. Pero no lo haré, no abusaré de semejante ventaja, sino que nos mediremos en igualdad de condiciones. ¡Oh, Esperanza, mentiroso catalejo que haces ver cercano y asequible lo inalcanzable, tú que tanto me has ultrajado mostrándome siempre falaces visiones en las que me sumergía inocentemente, hasta empapar en sus cristalinas aguas mis rizos dorados, sin advertir que tal acción no podía resultar sino dañosa de mí mismo!: es hora de que pagues la abultada cuenta de todo el mal que me has propinado y de que abandones mis caminos para siempre, llevándote contigo a tus deformes vástagos el Miedo, la

Ansiedad y el Desengaño. Ya te he tomado por las muñecas y poco lograrás debatiéndote de ese modo. Eres valerosa y no careces de fuerzas, lo reconozco, pero mi furor es divino esta noche y ni el mismo Caos podría atreverse a desafiarme impunemente hoy. No estoy actuando, bien puedes admitirlo sin sonrojarte, de modo excesivamente brutal atendiendo a que eres una dama, pero no por ello mi firmeza habrá de declinar un ápice. Ya lo ves: no ha sido sino galante y señorial el modo en el que te he sometido. En fin, ¿lo diré? Sea: siento un enorme dolor en mi corazón por lo que me apronto a hacer. Y es que si alguien cree que el asesinato (ese vicio cuya ejecución se ha vuelto a lo largo de mi existencia más incontable que los infinitos granos de arena que reposan en una playa y más numeroso que las infinitas estrellas que alumbran en la noche) me produce placer, debo decirle que se engaña: matar me hace sufrir, pero ¿existe mayor voluptuosidad que la de ese singular dolor? De modo que ya notarás sin duda que tus alaridos son vanos, amiga, y que nadie podrá venir a rescatarte de este altar de sacrificio al que te he atado: no estamos en una tramposa y amañada película hollywoodense, esto es la vida real. ¡Ah, Esperanza!, ¿es que acaso eres víctima de tus propios engaños? ¿Es que entonces también tú darás ahora la bienvenida a mi impía acción? Lo dudo. No podrás negar, empero, que la daga con la que pienso arrebatarte la vida es de refinada factura; deberías considerar como el mayor de los honores el tenerme a mí por tu asesino y a tal instrumento de muerte por artífice del fin de tus jornadas. Mira esta lágrima que resbala por mi mejilla: no la agradezcas, Esperanza, es sólo que también yo, que te odio, te habré de extrañar algún día; pero alguien tiene que librar al mundo de tu horrenda sombra, asqueroso pulpo deiforme de divino visaje. He aquí tu sangre, cuyo grito asciende al Cielo y hace llorar a los sabios ángeles. Sus voces desgarradas llegan a mí: «¡Monstruo insensato, víbora cainita!, ¿qué has hecho, qué te has atrevido a realizar?». He hecho un bien, un bien que ningún hombre me agradecerá jamás; agitad vuestras alas plumosas, pajarracos del Señor, y corred a decirle que he sido yo el infame. Sólo he colgado sobre la Tierra el mismo letrero que Él había puesto sobre la entrada del negro Orco. Hete aquí que el mundo comienza a temblar bajo mis piernas orgullosas, sacudido por el estremecimiento de una humanidad aterrada entre la que empiezan a proliferar los lamentables estragos del suicidio y de la demencia precoz; mas yo, con una mirada impasible, me limito a cerrar serenamente los adustos portales de mi austero monasterio y me adentro al fin para siempre, con pasos altivos, en el húmedo y derruido laberinto de sus sombras perpetuas. He renunciado a la Esperanza, y, con ella, he renunciado a sufrir entre convulsiones y espasmos: ahora podré sufrir en relativa e indiferente paz.

Libro II

El vástago luciferino

ubo un lejano tiempo en el que casi creí ser un humano. Según cuentan, mi llegada a este mundo no difirió en absoluto de la de los millares de niños que día a día son expulsados, en odioso despropósito, de sus húmedos y ambulatorios refugios prenatales hacia la enceguecedora luz de este planeta de castigo, cuyo penetrante hedor a muerte e infamias los hace romper de inmediato en un llanto sonoro y desgarrador que sólo el filósofo acierta a comprender del todo. Y, sin embargo, he escuchado que, mientras todos los demás retoños, recién anclados en las dársenas de este puerto de miserias al que los imprudentes otorgan el apresurado calificativo de vida, dedicaban las primeras horas de su vía crucis terrestre a gritar entre lágrimas sus reproches a la Providencia, o bien a entregar, algo más sabiamente, la aún tierna esencia de sus espíritus apenas adentrados en las espinas de este mundo al embriagador olvido del sueño reparador, yo podía ser identificado fácilmente entre ellos por ser el único que, en medio de todas las cunas, elevaba trabajosamente mi cabeza pelada y, con ojos serios y desorbitados, me esforzaba por penetrar el sortilegio del horrendo espectáculo que se ofrecía a mi recién estrenada visión, lleno ya de loco odio hacia esas novedosas figuras que me contemplaban con mirada paternal y benévola. Yo no pertenecía al orden común, y eso se notó desde el primer instante. Aun así, quizás resulte inequívoco para el observador avezado el que, en efecto, yo no me alejaba demasiado entonces del tipo humano, y que, de no ser por mi entrecejo furioso, podría haber sido tomado sin mayores dificultades por un niño más entre los millones y millones de productos genéricos que son vomitados cotidianamente hacia la máquina empaquetadora de la sempiterna manufactura de la vida. Acaso el viento no era de la misma opinión, pues había aullado con inusitada violencia sobre las tierras invernales que me habían recibido en este mundo, como adivinando perfectamente qué clase de ser demoníaco era el que acababa de nacer, concebido por una virgen y parido por una moribunda. Con todo, mi familia y la sociedad se empecinaron en darme una educación vulgar, y yo la acogí no sin renuencia, pero obediente. Y las múltiples posibilidades del carácter y del temperamento fueron configurándose en mí de un modo que no carecía de extrañeza y singularidades, pero que bien podían servir de alegato en favor de

mi teórica naturaleza humana, toda vez que mi conducta espontánea, labrada por el rastrillo de las normas establecidas y enderezada por la estaca tutora de la pedagogía autorizada, daba acabadas muestras de no ser sino la de un infante común y corriente, que creía inocentemente advertir en el mundo la existencia de fundadas razones para dar preferencia a la senda del bien por sobre la del mal. Algunas voces opinaban, empero, que aquel niño de serena mirada mística pero de consternantes palabras filosóficas no podía ser sino el hijo del Diablo, a lo que se contraponía un coro de profesoras y madres que aseguraban con vehemencia que esa criatura no era sino la perfecta encarnación humana de un ángel. Y no se equivocaban. Aclararé que, pese a ello, jamás llegué a ver al amor jugar en el patio de mi hogar paterno; tanto mejor. Lo cierto es que abundaban las comadronas y gitanas que se santiguaban al verme pasar con mis cortos pantalones, y más a partir del inexplicable suicidio de mi primera niñera, de la que muy poco recuerdo. Mis infantiles juegos de aquella época eran algo extravagantes aunque inofensivos, y no podré negar que me entretenía enormemente haciendo flotar platos y enseres para asustar a la cocinera o incitando a los perros de la plaza a desconocer a sus amos y atacarlos, sanos esparcimientos solitarios que poco tenían que ver con la inhumana crueldad de las manadas de niños entre los que, por mi posición social, se me prohibía mezclarme, cosa que no lamentaba demasiado, puesto que mis escasos contactos con seres de mi misma edad tendían a resultar conflictivos en grado sumo y no pocas veces arrojaban consecuencias catastróficas para mi eventual interlocutor, lo cual solía valerme severas reprimendas por parte de mis mayores aun cuando mis pies no hubiesen abandonado ni por un instante el cándido reducto de la más absoluta inocencia. ¿Qué culpa pude tener yo de que, tras nuestro violento altercado por un juguete que decidí arrebatarle, el pequeño Norton muriese de fiebre durante la misma noche en la que, casualmente, la niñera me vio arrojar una extraña figura de cera al fuego del hogar? Habladurías de gente supersticiosa: mi conducta era siempre ejemplar, y mi aplicación en la tarea y en mis estudios llenaba de orgullo y admiración a las institutrices que me impartían cotidianas lecciones particulares; excepción hecha de mademoiselle Chausson, quien, tras aplazarme en aquella prueba escrita de francés, no volvió a ser vista por nadie, aunque numerosos miembros de la servidumbre aseguraban que por las noches la podían oír gritando desde distintos puntos de la casa, como si su alma en pena hubiese quedado atrapada para siempre entre los muros de la mansión o como si un sortilegio la hubiese vuelto invisible al ojo humano. Pero ¿quién podía dar crédito a semejantes supercherías y delusiones? Yo siempre fingí no oír nada. Sea como fuese, mi infantil entendimiento no encontraba jamás, en ninguno de estos episodios menores, razón suficiente para sospechar que en mis pueriles travesuras y hábitos se hiciese manifiesto algo fuera de lo normal: nadie me había explicado lo contrario. ¿Cómo iba yo a adivinar que no era del todo común que un niño aprendiese arameo, entre muchos otros idiomas y ciencias, de ese giboso duendecillo que todas las noches se introducía sigilosamente por entre los cortinajes amaranto de mi lecho de reposo para venir a sentarse sobre mi zona pectoral y hablarme de cosas prodigiosas? Y otro tanto podía decirse de las extrañas voces que llegaban a mis oídos cuando, escapando de la estrecha vigilancia de mis celosos preceptores, corría hacia los bosquecillos de mi residencia y me perdía entre los árboles añosos que poblaban la oscura floresta. A veces pronunciaba las palabras secretas y el Alala aparecía ante mí, pero yo no imaginaba que hubiese nada de malo en ello: para mí se trataba de una circunstancia perfectamente normal en la ordinaria existencia de cualquier infante, lo mismo que hacer brotar de la nada el blanquecino estigma de la lepra en la piel de quienes me contrariaban o encrespar con mi mirada las tormentas: ignoraba que estuviesen vedadas al común de los hombres esas proezas que para mí no constituían mucho más que meros ejercicios rutinarios. En suma, yo no contaba con indicio alguno para presumir que mi naturaleza no fuese anodinamente humana y que el futuro no guardase para mí el usual recorrido por las adocenadas sendas del entramado familiar, laboral y social: mucho se me ocultaban entonces los latentes e insoslayables signos que ya me delataban, y que me condenarían con el tiempo a transitar esta vida de abrumadora soledad y dolor en la que por ningún lado encuentro un lugar o un semejante. Y, por otra parte, al ocurrir aquel sangriento suceso mediante el cual podría haber intuido a tiempo la verdad, para así abandonar desde temprano mis estériles intentos de parecerme al ser humano y de adaptarme a este mundo, todos mis mayores se habían mancomunado, con éxito, para convencerme de que mi padre no se hallaba en el saludable uso de sus facultades mentales cuando, arrastrándome a una iglesia y recostándome sobre su altar, intentó apuñalarme con unas singulares dagas esotéricas y la policía se vio obligada a acribillarlo para preservar mi vida, de la que él quería deshacerse alegando que su hijo era una especie de Anticristo. ¿Qué podía saber yo? No por ser el Demonio dejaba de ser un niño.

Soledad de un alma errante

unca le fue dado a la sensible bóveda de mi exigente aunque caprichoso paladar el escanciar, con una mueca de sincero gusto, el cordial y generoso vino de la amistad. Todo lo cual quiere decir, en el bárbaro y rudimentario lenguaje mediante el cual el ser humano da a conocer su tosco pensamiento, que nunca jamás tuve un amigo. Solemnemente jerárquicos en sus sofisticados andamiajes políticos, militares y sociales, ni el Cielo ni el Infierno proporcionan a sus graves moradores la posibilidad de, mediante las chanzas hirientes hacia terceros y los confianzudos atrevimientos propios del trato entre iguales, forjar con incuestionable solidez los diamantinos eslabones de un duradero vínculo amistoso. Fue por eso que, al arribar a esta mota de polvo que gira en torno a una risible chispa situada en la alcantarilla misma del universo intergaláctico, hice mía la antojadiza idea de que mi primera medida antes de comenzar a sembrar el mal debía ser la de proporcionarme un amigo o secuaz, siquiera para que me festejase los cuantiosos crímenes cuyos vagos esbozos mi mente ya comenzaba a pergeñar de a poco. Debo decir que no tenía pensado ponerme en quisquilloso y que, ya que no una mente genial que abarcase hasta en sus más ínfimos matices toda la sutileza de mis extravagantes maldades, lo cual habría sido mucho pedir entre los hombres, estaba dispuesto a hacerme con cualquier simple escudero o lugarteniente que respaldara sin censura alguna mis más impías acciones, un Pílades leal, un Kurwenal obediente. Las mujeres quedaban descartadas porque, además de estar incapacitadas para la amistad, corría yo el riesgo de que, de verme en consorcio con alguna, mis antiguos camaradas de armas pensasen que me estaba ablandando. Así fue que, en el comienzo de los tiempos, me zambullí de lleno en los vastos mares de la pestilente humanidad y, maldiciéndome una y otra vez por no haber adquirido de antemano un equipo de buceo que no dejase filtrar una sola gota de esas hediondas aguas y salvaguardase así la tersura y el buen aroma de mi piel, surqué incansablemente, en todas las direcciones que los puntos cardinales son capaces de ofrecer a la razón y el intelecto sanos, las pegajosas olas de la imbecilidad más colosal. Pero pronto, asqueado de ese océano de vanidades y mediocridad que nada ofrecía a mi mirada, debí retornar velozmente a la superficie y abandonar de por vida la idea de asumir

como propias las asombrosas cualidades de un anfibio. Mas, como aquel que, despojado de su otrora juicioso carácter por la fiebre del oro, sigue explorando locamente bajo un sol abrasador las secas ubres de un río en busca de una pepita salvadora, o que, afanándose en labores y fatigas inhumanas frente a una roca inconquistable, no pierde jamás la inútil y suicida esperanza de dar al fin con alguna ignorada piedra preciosa en la que una excelsa gema pueda ser tallada para admiración del universo entero, del mismo modo yo, con ojos llameantes y extraviados, no dejaba de escarbar las graníticas paredes de la idiotez humana a fin de encontrar, en el reducto más oculto, la veta de algún hombre que pudiese hacerse digno de mi solícita amistad. Y vencido por el cansancio, soportando sobre mis espaldas los titánicos escombros de un túnel que se derrumbaba sobre mí, con la boca llena de sangre y el alma destrozada, debí resignarme a dejar de lado mis demenciales propósitos, mientras sentía que el voraz fuego de la vergüenza quemaba impiadosamente mis mejillas laceradas. Alejándome entonces de todo, derrotado y cabizbajo, me refugié en la negrura de la noche y de los cementerios, y, extraño es decirlo, allí me sentí, entre tantas calaveras derruidas, huesos horadados y lápidas carcomidas por la impasible acción del tiempo, más cerca de la amistad que nunca, de modo que tomé la costumbre (y aún la mantengo) de consolar mi soledad conversando dilatadamente con cráneos venerables de artistas y pensadores sepultados por las centurias y el olvido. Pero esto no me satisfacía del todo, de suerte que me di al viaje y comencé a hallar, uno tras otro, a quienes aún hoy son los más compatibles y confiables amigos de mi alma: los vientos huracanados que arrasan los techos de las familias desoladas y que luego dan de comer en la boca, como a un infante caprichoso, a ese océano que, engullendo un navío tras otro, eriza su magnífico oleaje hasta la luna mientras la tempestad lo hace estallar en berrinches ruidosos; los abismos demenciales que, con la boca siempre abierta, llenan de señuelos y tentaciones a las mentes sensibles y tragan sin demasiados preámbulos al turista distraído y al intrépido cazador; la tundra polar que, con su lenguaje de misterio y de muerte, arrastra al hombre a la locura y lo apresa entre los barrotes de su aire blanco y helado; el ojo del volcán que, entonando sus extraños cánticos de destrucción y de lava, derrite las casas y las vidas de los pueblos circunvecinos en una monótona letanía de humo sulfuroso y roca ardiente; el súbito terremoto que, desperezándose tras un sueño de varios siglos, se sacude de la espalda esos odiosos hormigueros rectangulares que el ávido piojo humano ha edificado con ridícula paciencia sobre su otrora inmaculada epidermis; la peste y la plaga que, cabalgando sobre el lomo peludo de una rata, esgrimen sus filosas guadañas y siegan con jubilosas carcajadas las cuatro edades de la vida; y todos los demás fenómenos naturales que, por su amoralidad y su rudeza, han sabido conquistar mi simpatía y ganarse el devoto afecto de mi negro corazón. De modo que, con estos numerosos camaradas a mi lado, con cuyas nobles lenguas entablaba abstrusas conversaciones sobre teología, arte y metafísica que suplantaban a mis antiguos y monocordes soliloquios, ya parecía tener todo lo que quería; pero no: seguía deseando obtener un amigo entre los leprosos vástagos de la achaparrada estirpe humana... y seguía sin poder hallarlo. Y aún hoy, aún hoy transito, con pasos fatigados y rostro abatido, por las anchas avenidas del mundo, observando los semblantes, tasando las conductas y las actitudes, asomándome a los agujeros pestilentes en los que habitan el filósofo y el poeta, y revolviendo con mis propias manos esos inmensos basurales y esas vastísimas parcelas de rellenos sanitarios, en busca de un alma, de una, una sola, que sea digna de mí. ¡Y toda esta tragedia, todos estos infortunios, todo este dolor, por el simple hecho de que no puedo perdonarme el que un amigo sea una de las pocas cosas de la Tierra que todavía no he probado qué se siente asesinar!

Réquiem para una valquiria

o es necesario ser muy perspicaz para advertir cuál es la idea dominante que, tras la madura ponderación que el eventual lector de mis crónicas satánicas de seguro habrá hecho de la frase con la que cerré mi anterior estrofa, estará ahora anegando, como un río al desbordarse, las estériles campiñas de su mente y llenando así de dudas y suspicacias esos polvorientos recovecos neuronales en los que unas escasas ideas propias, y no pocas polillas, se dan cita para quedar atrapadas en las viejas telarañas confeccionadas por los numerosos arácnidos de la perplejidad que habitan en su cráneo. Y, sin embargo, debo decir que, en esta ocasión, ese lector ha dado en el clavo, por mucho que mi pluma se empecine ahora vanamente en negarlo. ¡Oh!, ¿es que acaso me atreveré a confesar la verdad en este diario maldito? Pues sí, sea; aunque ello pesa sobre mi alma como una losa, cubriendo la acera de mi orgullo con el pertinaz lodo de la vergüenza, dejemos de lado por un momento mi imagen de duro demonio y digámoslo: jamás tuve un amigo, pero sí, una vez en mi vida, llegué a tomar esposa. He aquí cómo sucedió.

Hallábame, pues así convenía al estado de mi ánimo, recorriendo solitariamente los bosques nórdicos, respirando las recias fragancias de las coníferas ancestrales y hollando las nieves escandinavas. El desolador estado del clima invernal, en esas regiones nocturnas y melancólicas, placía a mi mirada; y mi espíritu, herido por la conciencia de su soledad eterna, encontraba solaz en la furia de la gélida tempestad y de los elementos desencadenados. Pero entonces, repentinamente, el Cielo intentó, como siempre lo hace en las noches tormentosas, acertarme un rayo en la frente, si bien su puntería no resultó tan certera como en otras ocasiones, de modo que, tras ir a clavarse en una encina solitaria, el fuego celeste comenzó a envolver en sus llamas las ramas de aquel árbol. Entonces se presentó ante mí, al pie de su tronco, el dios Loki. Viendo en él a un igual, le abordé en acentos cordiales y no tardamos en hacer buenas migas bromeando sobre el ojo de Wotan y lanzando los mordaces proyectiles de la burla hacia los numerosos defectos de los pacíficos Vanir y de los toscos Æsir. Propúsome presentarme a estos últimos, que estaban convocando soldados, y acepté gustoso la idea, pues extrañaba la batalla. De manera que emprendí presurosamente el camino a Asgard, acompañado por mi guía, y fui admitido así sin mayores trámites en los recintos del Walhalla. No causé, empero, una buena impresión. Allí dentro nadie comprendía mi extraño lenguaje de rebelión y de tragedia, y se me consideraba, sin mayores miramientos, un romántico; acaso no pasaba por sus rústicas cabezas la idea de que un romántico es, en última instancia, un poeta-guerrero clásico que, nacido en el siglo equivocado, debe refugiarse en la soledad de la noche y lamentarse allí por vivir en un mundo decadente en el que mercaderes y esclavos dictan las leyes de rebaño que, provocándole una loca sed de libertad y de batallas, lo rigen y someten: sólo necesitaba un tiempo de adaptación a esos novedosos códigos del Asgard para que el talante solar, disciplinado y afirmativo del clasicismo renaciese en mí. Sin embargo, las diferencias entre ellos y yo eran insoslayables, y los chispazos de la discordia no tardaron en brotar del constante choque al que eran impulsados los pedernales de nuestros tan disímiles caracteres. El fornido Thor se mofaba de la delgadez de mis angelicales brazos, desatando las brutas risotadas de sus romos congéneres, mas yo trocaba sus risas en bocanadas de sorpresa al despojarlos súbitamente a todos de sus escudos con un simple ejercicio de mis capacidades telequinéticas. «¡Oh, deidad tronadora, que esgrimes tu maza con la misma tosquedad con la que Vulcano machacaba enseres de chapa sobre su basto yunque!: si hubieses podido ver la eximia destreza y el refinamiento con los que Júpiter, padre de dioses, blandía su incuestionable rayo» era lo que a continuación decía yo para atizar la furia de la blonda divinidad, que echaba centellas por sus ojos y saltaba una y otra vez intentando alcanzar su martillo mientras este, suspenso por encima de su cabeza, se le acercaba y alejaba conforme un leve gesto de mi mano le daba la orden. No tardé, sin embargo, en demostrarles a todos ellos, con el asesinato de un tal Baldr, que la musculatura de mi maldad era infinitamente más efectiva y peligrosa que la de los robustos hombros de los guerreros einherjer, motivo por el cual me dejaron desde entonces descansar tranquilo en el elevado y sagrado pedestal del respeto nacido del terror, lo cual no impedía que, a mis espaldas, los escaldos me apodasen, por el ofídico veneno que profusamente brotaba de mi boca las pocas veces que la abría para hablar, «el hijo de Jörmungandr», cosa que no me molestaba en absoluto, puesto que no era esa la primera vez en mi vida en la que se me relacionaba con una serpiente.

Así las cosas, decidí alejarme de aquellos héroes bonachones y simpáticos, cuya naturaleza era tan distinta a la mía, y comencé a frecuentar la agradable y soledosa sombra del árbol Yggdrasil, bajo el cual las nornas entretejen con diestra mano los destinos del universo. Al principio sus enojosas y hostiles murmuraciones llegaban con claridad a mis oídos de manera cotidiana, pero, conforme la fama de mis belicosas acciones iba creciendo en los nueve mundos, la jovial Skuld

                                          Diario de un demonio

no pudo evitar prendarse de mí; claro que, dado que soy un tanto reaccionario, y que siempre preferí las glorias del pasado antes que las engañosas esperanzas del futuro, a mí me generaba más interés la grave Urd, mas ¿quién podría enamorarse de las hilanderas que tejen en silencio nuestras fortunas y que pueden cortar el hilo de nuestras vidas en cualquier momento? Tendríamos mil cosas para reprocharles por nuestras innecesariamente catastróficas biografías, y, por otra parte, ellas podrían vengarse de cualquier acción nuestra con sólo dos movimientos de aguja, ganando así, por medio de tal amenaza, todas las rencillas domésticas. ¡Ay del marido que llegase tarde a su casa tras una noche de juerga con sus camaradas! Dado lo peligroso de la situación, me alejé por las dudas de aquel fresno y comencé a vagabundear por las sombras del Niflheim, que tanto me recordaban a las de mi antigua morada infernal. Solía pasar los días allí, jugando a arrojarle al lobo Fenrir la mano arrancada a Tyr para que la buscase y me la trajese de vuelta, y, cuando el trepidar de las ruedas del carro de Nótt llegaba a mis oídos, retornaba taciturnamente al Walhalla, donde comía frugalmente y pernoctaba, apartado de todos. Y así se sucedían unas a otras las estaciones, y estaba ya por alejarme de esas tierras mitológicas que poco hacían por mantener vivo mi entusiasmo inicial, cuando, cierta tarde de diciembre en la que quise hacer correr a Fenrir y a Garm más de la cuenta para que no me fastidiasen por un rato, arrojé la mano de Tyr con tantas fuerzas que, cruzando todo el reino de Álfheim, tuve la mala fortuna de hacer blanco aéreo en la rubia cabellera de una valquiria, que al punto cayó abatida de su corcel. Me precipité al lugar en el cual había caído, a fin de burlarme un rato de ella, y entonces sus claros ojos, de magnética belleza guerrera, se clavaron en los míos; escapé como perseguido por un fantasma, y no volví a hablar ni a salir de mi guarida por un siglo entero.

Entonces llegaron a mí rumores de que Waltraute, admirada de las nupcias entre Brunilda y el valeroso Sigfrido, habíase rodeado a sí misma, en una roca en la que yacía dormida, por los fuegos de las más severas exigencias a fin de que sólo un héroe digno de ella pudiese desposarla. No calculó que esas llamas, además de por un héroe, podían también ser cruzadas por un habitante del Infierno. ¡Cuál no fue su espanto, mientras despertaba de su letargo, al verme a mí, el malvado demonio que la había desmontado, inclinado sobre su trémulo rostro! Mas mi viva elocuencia se abrió paso hasta su corazón y finalmente la hermosa doncella consintió de buen grado en celebrar los esponsales. Siguió un fastuoso epitalamio y, así transformado en un hombre nuevo, casi en una persona madura, fui aceptado por los mismos héroes y dioses que antes me tuvieran entre ceja y ceja, mientras era elevado ante la mirada de todos por la bendición de mi afectuoso suegro Wotan. ¿Y qué diré de las deliciosas virtudes domésticas que servían de ornato a mi joven esposa, qué de su amor, qué de su belleza, qué de las numerosas cabalgatas y batallas que compartíamos, desolando los campos enemigos y llenando de horror los pechos de los hombres? Si bien intelectualmente distaba de ser una Minerva, debo admitir que, de no ser por sus excesivos celos y por las vilipendiosas insidias con las que mi suegra Fricka solía llenar sus oídos, habrían sido aquellos los tiempos más felices de mi tormentosa vida, la cual consigno en este viejo pergamino que se ve de continuo surcado por las negras tintas de la tragedia y el dolor.

Pero claro estará ya para todos que tal estado de dicha no podía prolongarse demasiado sin que yo mismo me dispusiese a destrozarlo, debatiéndome como un pez que, sacado del mar de los pesares por las redes de la felicidad hogareña, siente que no puede respirar en ese luminoso ambiente que le es ajeno y, con toda la fuerza de su cola y de sus aletas, se desespera por retornar a los hórridos abismos de infortunio en los que se enclava el único hábitat que su organismo reconoce como propicio para el desarrollo de su naturaleza. ¡Mis branquias no estaban hechas para absorber el oxígeno de la alegría que hombres y dioses por igual respiraban con contento! De suerte que no tardé mucho en buscar una excusa válida para destruir una vez más mi propia existencia. Al retornar cierta noche Wotan de caminar por la tierra disfrazado de vagabundo, comencé a increparlo por los derechos de autor, pues no había nacido sino en mi mente, como oposición al boato místico con el que siempre se mostraron Dios y sus ángeles a los hombres, la idea de pasearme de incógnito entre los pueblos oculto bajo los sucios harapos de un mendigo. La discusión subió rápidamente de tono y pudo terminar en tragedia, pero preferí guardar silencio y alejarme de aquellos muros bruñidos pegando un buen portazo, ante la desesperada mirada de mi mujer desfalleciente. No es que me arredrase el martillo de Thor, pues ya había sido yo herido por el rayo antes y había sobrevivido fácilmente a su fuego, y, en cuanto a la lanza de Wotan, estaba tan llena de mentiras y de falsos juramentos que una palabra mía habría bastado para quebrarla; no: me alejé porque había decidido acabar con todos, aniquilando para siempre mi propia dicha y mi matrimonio en tal acción.

Comencé por dirigirme a los neblinosos bosques germanos; allí maté a Fafner y ocupé su lugar, asumiendo la forma de un dragón y dormitando un tiempo sobre su tesoro, tras lo cual me dejé vencer adrede por Sigfrido para que, entre inequívocos acordes wagnerianos, tomase el oro del Rhin. Entonces invadí con mi voz la mente de Hagen, soldado leal al rey Gunther, valeroso y orgulloso como su hermano Dankwart, y lo hice matar a Sigfrido para que el destino del anillo quedase sellado: Wotan y el Walhalla podían darse, así, por perdidos. Sin demorar un solo instante, tapé el sol con mis alas y produje sobre

 Diario de un demonio

Midgard los tres inviernos de Fimbulvetr que abrían las puertas al Ragnarok, ocaso de los dioses. El fin de todos así comenzaba, en medio de una batalla colosal que la mente moderna no podría concebir jamás, y a la que yo asistía como único y privilegiado espectador. Hay algo aquí que debo reconocer, haciendo como siempre justicia a la verdad: orgullosamente murieron esos dioses en el fragor del combate, orgullosa y heroicamente, y yo los admiré por ello, y mis ojos se llenaron de lágrimas, pues comprendí que se trataba de las únicas deidades creadas por un pueblo que amó tanto la vida que no pudo evitar amar también la muerte que ineludiblemente la corona y decidió por eso tener dioses mortales, que no resucitasen, y cuya muerte no careciese de honor y de virilidad. ¡Ay de aquel que me hubiese nombrado a Cristo, a Yahveh, a Zeus, a Hastur o a cualquier otro dios mientras Freyr perdía la vida! Lo habría tomado por los cabellos y lo habría arrojado irremisiblemente a las fauces del lobo Skoll por tan sacrílega blasfemia. No fueron pocos los gloriosos sucesos que entonces vi, en esa batalla final, con el corazón tan pronto del lado de un ejército como del lado del otro, hasta que el fuego de Surtr lo consumió todo, arrasando también con la vida de mi cónyuge, que murió entre las voraces lenguas de las llamas gritando una y otra vez, una y otra vez mi amado nombre.

Y ese es el motivo por el cual, desde entonces, me dejo consumir interminablemente, en esta caverna oculta en las profundidades del Helheim, por el frío más atroz y por la oscuridad más impenetrable: pues cada vez que el destello de una simple chispa hiere mis pupilas, agobiadas por la culpa, comienzan a resonar de pronto en mis desesperados oídos los ecos de ese alarido de una fiel mujer cuya muerte yo, su propio esposo, he precipitado. ¿Es que acaso no supiste, al verme huir turbado de ti en aquel, nuestro primer encuentro, acaso no supiste, mi adorada, mi eternamente idolatrada y añorada Waltraute, que mi amor no podía ser nunca sino el de un deicida y mi beso nupcial el de un veneno letífero y ponzoñoso?

El suicidio de las centurias

ajo una gélida luna que parecía observarme con rostro acongojado desde más allá del universo, encaminábame yo, abriéndome paso como una sombra espectral por entre los feroces vientos de locura y perdición que barrían aquellas vastas planicies de nieves eternas, hacia el olvidado cementerio de los tiempos, hórrido camposanto en el que se llevaría a cabo el entierro secreto. La noche, azotada por los inclementes vendavales del blasfemo demonio de las tormentas, sembraba el mundo de pálidas lágrimas mientras el lamento de toda la naturaleza entera rasgaba los cielos. El cosmos estaba de luto, y la vida y la muerte, depuestas las armas de su sempiterna batalla por un breve instante de tregua, conducían aquel coche fúnebre en silencio, apenas fustigando el elegíaco tiro de caballos. Todas las esencias superiores del universo congregábanse en aquel lugar, lastimando el aire con sus desconsolados sollozos y suspiros, y no fue menor el estupor general que causó entre ellas el creciente rumor de que se me había visto incluso a mí, eterno rival del difunto, dirigiéndome a aquellas tierras a fin de despedir también, como uno más, esos venerables restos mortuorios. No sabía por qué lo hacía, aunque entre mis primeras impresiones ya había identificado con quirúrgica precisión la inequívoca existencia de algo luctuoso y melancólico en la repentina conciencia del súbito deceso de un enemigo. Quizás el débil humano, pequeño y rencoroso como un escorpión, no lo entienda, pero yo sí: un guerrero no puede sino lamentar el temprano suicidio de un digno adversario con el cual ansiaba volver a medir pronto sus cada vez más desbordantes fuerzas. Por eso, oh, tú cuyas vacías cuencas oculares me observan, con espanto y desazón, desde el escritorio en el que deposité hoy tu cráneo tras profanar como un ladrón aquella sagrada tumba: puedes creerme si te digo que mi dolor entonces era sincero. La aureola de la más honesta aflicción tocaba como el laurel los ya escasos y canosos cabellos de mis sienes, y no era sino sintiendo un enorme peso sobre las cavernas subterráneas de mi atribulado corazón, y con los ojos algo vidriosos, que caminaba yo entonces hacia la que sería tu última morada. Y es que en el fondo, Dios, te entendía: déjame manifestarte, con la misma gravedad con la que los altos espíritus mantienen sus sobrios diálogos y encendidas disputas en los augustos salones senatoriales, que en tu lugar yo tam-

bién me habría suicidado. Tal vez hubiese elegido otro método, como acabar con la vida de todos mis creyentes, o arrojarme de cabeza desde la más alta terraza del Empíreo hacia los sórdidos patios en ruinas del negro Érebo, o escanciar con lóbrega mirada la cordial sangre de mi Hijo mezclada con algún filtro de letíferas propiedades, o practicar un digno y doloroso *seppuku* sobre mi vientre con el filoso rayo divino; cualquier cosa menos la cuerda. ¡Ay de los hombres si siquiera uno de ellos hubiese alcanzado, como yo, a verte colgando de las nubes, negra la lengua y desorbitados los ojos! El mundo humano ya no tendría motivos para seguir marchando; bueno, en realidad sí: esclavos y mercaderes celebrarían exultantes, y la Iglesia miraría para otro lado a fin de no interrumpir su gran negocio, pero seguiría amenguando cada vez más la ya bastante exigua tasa de natalidad de eremitas y poetas. Como sea, tu decisión fue sabia, te lo digo de enemigo a enemigo, y no habría sido diverso mi obrar de haberme hallado en tu espantable situación. ¡Mal haya de los perros que afirman que tu suicidio fue un acto de cobardía y que se vio soterradamente motivado por el cada vez más patente incremento de mi diabólico poder! Bien sé que no fueron mis innúmeras fechorías y maldades, y mis serias amenazas de conquista, las que precipitaron la funesta consecuencia de tu desesperado accionar, que nada tuvo de cobarde. No: fue el rostro del hombre el que te movió a ello, ese rostro que habías creado hace tantos milenios, con paternal amor, a tu imagen y semejanza, y que había transmutado lentamente, mediante el fecundo paso de los siglos laboriosos, hasta volverse la más perfecta encarnación del cetrino y disoluto semblante del vicio y la mentira. Y que nadie me acuse de haber intervenido en el infamante estropicio que se abatió sobre tu criatura y que aceleró tu lamentable partida de este mundo por ti creado, pues todas las constelaciones del firmamento entero pueden brindar fidedigno testimonio de que jamás se me ha visto promover ni vicios ni mentiras sino, muy por el contrario, la más orgullosa, viril y aristocrática maldad: no me echen a mí la culpa de las debilidades inherentes al hombre. Fue sin duda un desafortunado defecto de fabricación el que transformó en una raza de abogados rapaces, políticos astutos y estafadores arteros a aquella estirpe animal que había sido creada con la más noble arcilla para formar abstrusos filósofos, heroicos guerreros y sublimes mártires de rostro sereno y bella mirada mística sumida en océanos de deliquio espiritual. En breve, el difunto no resultó ser, después de todo, un Creador muy eximio que digamos, pero, no habiendo yo creado nada mejor, me abstengo de juzgarlo y de someter sus esfuerzos al severo potro de tormento de una crítica villana, como de seguro correría a hacerlo el más imbécil de los humanos, que es lo mismo que decir todos. Así pues, retornando a la silenciosa marcha con la que di comienzo a esta estrofa, que asume ya los rasgos de una dolorosa elegía desprovista de todo sesgo de espíritu triunfal, no tardé en llegar al cementerio en el que el universo mismo, aterrado, lloraba a su propio Hacedor. Los restos del Sumo Artífice habían sido compuestos con enorme dificultad dentro de un féretro que tenía el tamaño de todas las centurias que el cerebro humano llegó a experimentar jamás, aunque algunos escépticos afirmaban que en realidad ese ataúd sólo medía siete días de largo. La inmensa fosa, capaz de tragarse a la humanidad entera y de deglutir todavía luego, como si aquella hubiese sido sólo un aperitivo, la completa osamenta de la vida y los vastos tentáculos del tiempo, había sido cavada por el parsimonioso olvido, eficaz sepulturero. Un cuervo observaba perplejo desde una rama mientras el sacerdote encomendaba el alma del muerto al muerto mismo y el féretro se hundía para siempre en las pútridas entrañas de la nada. Los presentes comenzaron finalmente a circular, y yo, deteniéndome un instante frente a la funesta abertura, arrojé sobre el cajón una negra flor arrancada de las pestilentes llanuras del Hades. Nadie se asombró de mi respetuoso gesto: bien habían podido ya leer con suficiente claridad en mi hosca mirada lo mucho que empezaba a extrañar a mi antagónico rival, sin el cual mis ansias de batallas y de guerras colosales se veían borradas para siempre por el viento del ocaso como un puñado de arena arrojada a la vasta superficie del inclemente mar. Retorné entonces a mi torre y me entregué en cuerpo y alma, durante un número de siglos de los que me hubiese gustado haber llevado siquiera someramente la cuenta, a las fatigas del estudio y a los afanes de la especulación filosófica, y es así que hoy, mientras recuerdo aquella lúgubre noche y asomo mi alma temblorosa a los espantosos y despoblados vacíos abismales de la ya difunta metafísica universal, la pregunta asalta una y otra vez mi espíritu como el más desgarrador y lacerante de los rayos: si el Creador de este abominable mundo de locura y de dolor se suicidó antes de aniquilarlo, condenándolo vengativamente a seguir existiendo sin él, ¿quién diablos le pondrá ahora fin alguna vez y detendrá su periplo insoportable?

Azotado por fáusticas tormentas

or cuánto tiempo habían padecido mis entrañas el aterrador martilleo del hambre, mientras mi cuerpo era presa de los tenaces grilletes de la pobreza! Imposibilitado, por mi naturaleza esquizoide y mi aspecto truculento, de obtener un empleo en el mundo de los hombres que me asegurase siquiera las mínimas bondades de un estipendio vil que resultase, no obstante, suficiente para arrastrar las cadenas de una existencia penosa sobre las húmedas callejas de los más sórdidos rincones de la Tierra, afanábase mi cada vez más debilitado intelecto, abriéndose tortuoso paso a través de los agudos dolores propios de una inanición prolongada, por encontrar una solución al problema de mi inextinguible falta de recursos que no estuviese sujeta a la ignominiosa caída en el proceloso maelstrom de una indigencia mendicante. Famélico, desesperado por las acuciantes necesidades propias de una triste aunque digna y silenciosa miseria, mi alma atribulada había llegado ya a concebir el insensato plan de entregar el fuego divino a los hombres a fin de que Zeus, en su inmisericorde castigo, me enviase la tortura de un águila que me devorase las vísceras de manera cotidiana y aliviase así, jornada tras jornada, mis punzantes sufrimientos siquiera momentáneamente, hasta que mi estómago se viese reconstituido y, junto a él, las agonías de un apetito siempre insatisfecho. Mis mandíbulas, cada vez más magras y hambrientas, no osaban emitir quejido alguno ante la humanidad impiadosa, y, de ese modo, enfundado en los negros mantos de un loco orgullo, con mi ceño siempre furioso y no desprovisto de las insoslayables señas de un profundo desdén, transitaba yo solitario por entre las vertiginosas multitudes sin que nadie acertase a sospechar que el hambre batía sus esqueléticas alas poderosamente y sin cesar a mis espaldas.

No fue de extrañar, pues, que, ante tal estado de situación, considerase yo como una inesperada bendición el irrecusable ofrecimiento laboral que me hiciera llegar entonces el melancólico aunque imprudente doctor Fausto. Me apersoné en su gabinete de estudio, al cual su ayudante Wagner me hizo pasar sin mayores dilaciones, y no tardé en formalizar mi situación por medio de un contrato temporal a prueba que fue solemnemente firmado con sangre por ambas partes. No fue menor el estupor de Fausto, que muy a mi pesar me recordaba más al sobrio Goethe que al ardiente Marlowe, al advertir que no era su alma lo que yo exigía en prenda de pago, mas no tardaron mis palabras en llevar quietud a su agitado océano de dudas:

—Me pides el usufructo de mi poder, venerable anciano, y asómbrate descubrir que no hago de tu fatigado espíritu una mercancía que obre remunerativamente como contraprestación a mis inestimables servicios. ¿Es que acaso ignora tu vetusta ciencia que el poder acucia el deseo, y que no es sino el deseo la esencia misma de los tormentos del Infierno? En tanto tú desees, tu alma ya me pertenece y el Infierno no te es ajeno. Sólo aquel que ancla su navío en las dársenas del quietismo absoluto alcanza el Cielo, pero tal cosa te estará por siempre vedada en este mundo, pues hasta el anhelo de no desear es un deseo, y difícilmente podrás experimentarla tras este si es que, en lugar de una estéril no-existencia, algún jirón de vida espiritual perdura tras la muerte.

Mesándose meditativamente la luenga barba de la decrépita vejez, respondiome el filósofo:

—Puesto que el Infierno es el único destino de la vida, nada pierdo al tomarte como dúctil cadete de mis proyectadas empresas. Sea pues lo que reste de mi viaje terreno el de un amigo de los placeres y de la belleza femenina, de los cuales, sempiternamente enfrascado en mis inútiles ciencias al par que abrumado por el insoportable peso de los más profundos saberes, no he tenido aún oportunidad de gozar.

—Dichosa sería la existencia humana si, Tántalos para la belleza y el amor, los hombres muriesen con la garganta del placer reseca y vacío el estómago del hastío connubial; mas el espantable castigo que un Dios sin duda perverso ha impuesto sobre tu feble raza ha dictado que ni esas aguas ni esos alimentos se retirasen por siempre de vuestras bocas anhelantes, lo cual nunca ha redundado sino en vuestro propio daño y en la multiplicación generacional de vuestros comunes deseos y miserias. Sin embargo, puesto que pretendes abandonar estas apacibles regiones etéreas para hundirte en el más inclemente de los infiernos, cumpliré tu voluntad.

Así diciendo, obré en Fausto el milagro de la juventud y del vigor, con lo cual su alma, segura de sí, no tardó en caer en la estólida esclavitud de una no vanamente esperanzada voluntad de vivir. Encaprichose con visitar una taberna y disfrutar allí por vez primera de la jovial compañía de algunos alegres paisanos, mas no fue mucho lo que tardó en abandonar el salón para hacer del divino Dioniso un hediondo charco sobre las baldosas de la acera, aureolado por algunos restos de comida que, bien se advertía, no habían sido digeridos del todo. A la noche siguiente, tras una jornada completa de sueño reparador, dirigiome las siguientes palabras:

—Háblame por un instante con seriedad, chocarrero Mefistófeles, y dime si las riquezas, el poder y la soberanía, bienes tan solicitados por el común de los mortales, bastarían a hacerme dichoso.

—No es pobre quien menos tiene, sino quien más necesita; y conocido es de todos que quien más tiene, al ser la vida inseparable del deseo, suele buscar el origen de esa eterna insatisfacción humana en la insuficiente cantidad de lo poseído, motivo por el cual su codicia cree que necesita acumular todavía más y suma así nuevas preocupaciones al febril y angustioso celo de no perder ni un céntimo de sus posesiones ya ganadas, todo lo cual hace de su vida una agonía que ninguna persona de costumbres sencillas y moderadas debería envidiar.

—Entonces, el desaforado anhelo de los hombres por las baratijas del poder, en pos de las cuales se propinan tantos golpes y codazos entre sí, es sólo un engaño que los hace miserables en la lucha para sólo otorgar finalmente a los desdichados triunfadores, a modo de recompensa, más miseria aún.

—Y así sucede con todo: la vida del hombre no es más que un constante desear que lo llena de pesar y que, en el peor de los casos, lo lleva a alcanzar a la postre el objetivo de sus constantes desvelos para sólo revelarle, en esa desgarradora instancia, que la felicidad tampoco se hallaba allí. Feliz aquel que muere deseando en vano, viendo todas las cosas desde una enorme distancia que las embellece al ocultar sus innúmeras imperfecciones, y acunado de ese modo por hermosos e intangibles sueños.

—Mas respóndeme aún otra cosa, caro amigo: ¿es esta pasión por alcanzar los dorados aunque engañosos visos del poder, en la generalidad de los hombres, una manía solitaria e incomprensible del alma aturdida por los usos mundanos, o es más bien un oculto medio para llegar a un fin último y distinto, que no puede ser sino el de la mujer, a menudo fácilmente seducida por esas bagatelas, y, con ella, el del placer, los cuales no son a su vez sino otros ocultos medios que nos llevan en realidad a la reproducción de la especie, sumo fin al cual la naturaleza cruentamente nos empuja?

—Hay ya más sabiduría en tu pregunta que la que podría yo ofrecerte en mi respuesta. Conténtate con saber que el poder y las riquezas no son los únicos medios para llegar a la mujer, sino, muy por el contrario, los peores, pues mediante ellos sólo se llega a las más superficiales, desenvueltas y vacuas de su género. Tu masculina apostura es digna de una femenil lozanía y de una modesta inocencia, y tus vastos conocimientos son merecedores del alto consorcio entre dos espíritus elevados. Deja al adinerado y al poderoso disfrutar de la grosera cortesana, y parte en busca del rubor juvenil y del agradable coloquio.

Así fue como, saliendo conmigo a recorrer su propia comarca, Fausto se prendó a primera vista, interrumpiendo súbitamente las epilépticas notas de la demencial marcha húngara de Berlioz que silbaba, de la piadosa Margarita. ¡Con qué fuegos no arderá aquel leño que, reseco por el perpetuamente árido tiempo de una larga vida consagrada a la inconmovible erudición y a la metódica constancia del saber, recupera de pronto toda la vitalidad encerrada en su elemento al ser alcanzado por la súbita chispa de la pasión! Azotado por las recias tormentas del amor, Fausto experimentó la pronta pérdida de todo su reposo, abrumando por completo la extensa amplitud de sus días y de sus noches con su volcánica obsesión por Margarita, la cual, para empeorar la ya de por sí dramática situación, correspondía secretamente al doctor pero, a causa de ello mismo y de su inocente pureza, rehuía de él temblorosa y sólo le tributaba el cándido homenaje del más prístino pavor amoroso. En el colmo de la desesperación, desolado por los entendibles desdenes de una doncella aterrada, el enamorado no pudo evitar recurrir a mí en los siguientes términos:

—¿Es que acaso no eres tú mi empleado, que tan impasiblemente me observas caer así a tierra, postrado bajo este impiadoso asalto de flechas de Eros ante el cual no hay ya escudo detrás del cual pueda mi atribulado corazón pertrecharse? Si tu voluntad aún conserva algo de poder sobre los elementos, pon ya mismo en ejecución algún ardid que pueda servirme de ayuda, dándome algún auxilio en esta fatídica hora de desgracia y de despecho.

—Caído te veo, mas no sin fuerzas como para que se encuentre más allá de tus posibilidades el levantarte por ti mismo. Mucho tiempo tu alma ha respirado el polvo de los libros y se ha recreado en burbujeantes redomas y abstrusas fórmulas; incontables han sido las noches en que, con la industriosa mirada de un dios, te has consagrado a descubrir el secreto concierto de los astros y a meditar sus extrañas propiedades e influencias; con insólita frecuencia se han escuchado los tenues ecos del resonar de tus pasos en los marmóreos palacios de la moral filosofía; y no pocas han sido las dilatadas jornadas en las que los somnolientos ojos de la aurora se han sorprendido al encontrarte en vela, con la fatigada pluma aún empuñada en tu firme mano. No es, pues, de extrañar que tu tardía y repentina colisión con las encendidas llamas del amor obren en ti semejante efecto. En vano te he advertido sobre el Infierno del deseo; mas, ahora que has abandonado tu ascetismo científico para probar en carne propia los tormentos de mi reino, sólo puedo renovar ante ti mis previos consejos y sugerirte la salvación que podría proporcionarte un ágil y oportuno salto atrás: vuelve sobre tus pasos a la serenidad del conocimiento, explora con aventurado y resuelto espíritu los vastos terrenos del arte, aspira a alcanzar con tu ciencia el supremo laurel de la gloria inmortal, y da al olvido la loca pasión que te consume y que así te pone de rodillas ante los burlones ojos del universo cruel y pasmoso.

—¡Que el Infierno te confunda, maldito demonio! Ya no hay salto atrás que pueda salvarme de la constante imagen de ella, dulce visión que me acosaría en mis sueños, me perseguiría en mis estudios y

　　　　　　　　　　　　　DIARIO DE UN DEMONIO

desviaría mis pensamientos de todos los libros y sistemas a los cuales infructuosamente intentase volcar mis fuerzas excitadas. Sólo la obtención de su belleza puede salvarme ahora de mi tormento, y sólo sus rojos y castos labios podrían sellar finalmente la urna de mi locura y restituirme a la paz que he perdido en un remoto tiempo cuyos más diáfanos vestigios han sido ya borrados para siempre de mi memoria por los huracanados vientos del deseo.

—Sin duda lo eterno femenino te arrastra, como a todos, hacia abajo. Puesto que no está en mi mano salvarte de ti mismo, te empujaré al precipicio tal como me lo solicitan tus incoherentes palabras: de ese febril estado en el que te encuentras, sólo una dura caída sería capaz de despertarte.

Así, el amor entre Fausto y Margarita no tardó en consumarse. La relación de fuerzas entre ambos era sin duda muy despareja, razón por la cual las consecuencias de ese acto resultaron catastróficas para ella, que terminó muriendo en un calabozo, junto al fruto de esa unión. El desconsuelo de mi imprudente patrón no tuvo límites, por lo que no fue ninguna sorpresa el hecho de que optase por enviarme de inmediato un telegrama de despido, endosado con sangre, y diese así por concluida nuestra breve aunque intensa relación laboral. Al presentarme en su habitáculo para retirar mis pertenencias del casillero, no pude contener mi lengua y le espeté sin mayores preámbulos:

—Mi único crimen, señor, ha sido el de obedecer sumisamente y con excesivo celo vuestras funestas insensateces. Nadie debería dejar de prestar oídos a un simple vasallo si este es ni más ni menos que el propio Mefistófeles. No ha sido sino vuestra la culpa de todo lo acaecido, y, ya que no seré debidamente indemnizado según la ley lo estipula, aspiro al menos a ver un breve destello de arrepentimiento en vuestros ojos culpables.

—Sobre mí ha de recaer, en efecto, amigo, todo el peso de una culpabilidad afrentosa. Los vastos volúmenes que han nutrido mi saber de poco me han servido a la hora de caminar con éxito y prudencia por el espinoso sendero de la vida; he llevado la tragedia al seno de la inocencia, y una sepultura, que hoy se abre bajo un límpido cielo azul pletórico de alegres brisas primaverales, señala a mi monstruoso corazón y a mi mano involuntariamente homicida con todo el negro horror de las endiabladas criptas subterráneas de mil avernos. Suyo es el reposo celestial que se destina a los puros de corazón, pero mío es el inexorable suplicio del criminal que es consciente tanto de las irreparables abominaciones que su imperdonable conducta ha perpetrado como del inconsolable dolor al que sus actos han dado lugar. Prescindo de tus servicios porque únicamente la soledad puede ahora servirme de bálsamo, y porque sólo el fugaz quietismo que proporciona la abstraída concentración en el arte y en la ciencia puede alejar de mis pensamientos, siquiera por breves e insuficientes instantes, la marchita imagen de aquella que ya no respira. Me he ganado un infierno mucho mayor que todos aquellos que mi andar había hasta ahora atravesado, y consideraría indigno de mí el pretender ser perdonado y salvado por los poderes del Cielo y por plañideros coros de ángeles. Adiós, amigo: puesto que estoy decidido a afrontar, sin eludir ni uno solo de ellos, todos los castigos que, conforme a la ley divina, son asignados a mi odioso crimen, nos reencontraremos a la brevedad en tus lóbregos dominios inferiores, en los cuales me tendrás finalmente tú a mí por obediente vasallo.

—Mucho me conmueve tu valiente y aristocrática entereza de ánimo, doliente filósofo, y no estaría mi obrar acorde con la excelsa nobleza de mi estirpe inmemorial si yo aceptase oír los ayes de alguien como tú en mis negros antros de tormento. Que entre los hombres, pues, tu espíritu permanezca para siempre, como un hálito invisible que guíe hacia la grandeza a los más perceptivos y aptos de tu raza, mas también como una rigurosa admonición para todos aquellos que abandonen su recta senda para transitar por los abruptos y sinuosos desfiladeros de una errante parvedad. Te saludo, pensador afligido; que lo eterno creativo lleve algo de reposo a tu espíritu conturbado.

Así diciendo, abandoné la morada de aquel hombre y vagué por los bosques más sombríos de Europa durante varios cientos de años, meditando profundamente en lo que acababa de suceder. Mas, ahora que he consignado en mi diario la notable historia del doctor Fausto, siento que el extraño frío de una misteriosa sospecha recorre mi alma espantada: ¿es que acaso no hemos sido él y yo una misma persona?

Soliloquios de un ángel caído

anamente pugnaban mis amargos pensamientos por aflorar con claridad a la procelosa superficie de mi psiquis. Algo me atormentaba de manera cotidiana, algo me torturaba sin descanso, un oscuro torrente de culpabilidad me envolvía entre sus negras ondas y me sumía día a día en un concatenado sinfín de inclementes pesadillas que, impidiéndome dormir merced a sus funestos horrores recriminatorios, minaban las otrora saludables fuerzas de mis afanosas jornadas. Pero no acertaba yo a auscultar con precisión el origen de esta indescifrable inquietud que horadaba mi ánimo, ni encontraba palabras adecuadas para exorcizarla mediante una meticulosa descripción que me ayudase a desentrañar su enigmático significado. Era como si mi alma llevara clavada una espina que no me era posible localizar, la espina de un error cometido siglos atrás y olvidado ahora. Cansado ya de ser juguete de esos tormentos, tal como los amantes lo son de los torbellinos en el segundo círculo de mis antiguas heredades, tomé la desesperada determinación de sumergirme en los alquitranados océanos de mi memoria para tratar de encontrar, entre sus negras honduras, qué hecho del pasado era el que así carcomía mi paz mental. Tras mucho bucear entre esas ilimitadas simas de pecado y de tragedia, creí hallar por fin lo que estaba buscando. ¿Podían haber sido aquellas mis palabras antes de venir a este mundo? Todos los pesares de mi presente latían en aquellas terribles frases que ahora rugían nuevamente en mi cabeza, como recitadas en canon una y otra vez por miríadas de demonios, recordándome cuáles habían sido mis esperanzas, obliteradas hoy. ¡Acallad vuestras estridentes voces un segundo, blasfemas legiones que hincáis sobre mi desfalleciente cerebro el triunfante cetro de la locura! ¿Es que además de hacerme perder la razón pretendéis también dejarme sordo? Ya ni siquiera me permitís alejar mis convulsas manos de mis doloridas sienes a fin de tomar de nuevo la pluma y proseguir con la relación de los indecibles tormentos a los que me sometéis. ¿Os detendréis al menos un instante si transcribo sin demora vuestro insano discurso, génesis de mi actual desolación en este bajo mundo mortal? Intentarlo es el único desfiladero que se abre ahora ante mí para salvar el precipicio de la demencia. Aunque mi alma se destroce al recordar y mi mente se derrumbe al transcribir, cumpliré en consignar el entero *leitmotiv* de mi ruina. ¡Ah, leed con

atención, aletargados insectos humanos, pues las enseñanzas que surgirán de estos recuerdos deberían, por lo menos, encanecer de manera prematura vuestras aún vigorosas cabelleras, tan distintas a mi amplia frente demoníaca, arrugada por tormentos y aflicciones que podrían destruir generaciones enteras de hombres del mismo modo en que el maíz es destruido por la súbita caída de gélido granizo!:

«Tormentas sin fin, deslizándose a lo largo de la gris atmósfera de los vacíos infernales, opresivas, punzantes, eterno azote que desgarra mis miembros y mis alas y que ciega con niebla y vapor mis ojos, consumen inacabablemente mi pecho, en esta noche inmortal que es mi vida, en tempestuosa ruina. La serenidad ha huido... o nunca pudo ser. El ensordecedor sonido de estos torbellinos que pasan rodando a mi alrededor en caos, confusión, y que apenas deja entreoír el fúnebre cántico de las sirenas que yacen entre las rocas de estos negros precipicios inflamando de deseo y dolor a los condenados, confunde mis pensamientos ahora; ¡oh, torbellinos, eterno fragor! Cuando vuelo entre estas despóticas tormentas, sobre las vastas y aciagas tierras en penumbra, reflexionando, solo, observando a los muertos, observando su aflicción, su desesperanza, su agonía, su maldición, deleites de mi propia miseria, siento que el Infierno, mi reino, asume, bajo mis terribles ojos, el aspecto de un calabozo que también a mí, su propio rey, aprisiona y sofoca. En aquellos distantes peñascos, negros y áridos, golpeados por furiosos vendavales, erguidos en soledad entre abismos inconmensurablemente vastos, llenos de dolor, gritos y agonía, puede verse el símbolo de mis secretas heridas, de mi secreta desesperación. No hay ya salvación para mí, ni alivio aun. Maldito, esclavo del punzante tormento, afligido por el incesante granizo, con mi orgullo por siempre herido... la noche consume los restos de mi alma estragada. Estoy solo, aunque un rey; sufro, aun atormentando, en lúgubre y vacía venganza, a millones de sufrientes; y siento que muero, muero, a cada minuto que pasa... muero eternamente. No es sólo mi derrota, que acallo en mi interior, ocultándola a los ojos de mis súbditos y de mi Vencedor; no: es también el deseo de gritar, de aullar, de llorar, y la imposibilidad, la orgullosa imposibilidad de hacerlo. Si he caído más que nadie en la historia de todo el amplio universo, menester es que ningún ser pueda verlo. ¡Eterna condena de mi propia grandeza, castigo de todas mis horas! Debo abandonar las cadenas de esta prisión eterna, y el negro calabozo de mi propio orgullo. Mas ¿por qué dejar a este último? ¿Acaso no puedo encontrar aún orgullo en saber que nadie, ni siquiera Aquel que sobre todo el universo reina, ha soportado jamás una caída similar a la mía ni ha sobrevivido a los tormentos que mis espaldas sufren firmes y en silencio ahora? ¿No puedo encontrar orgullo en saber que, siendo el más digno de todos los seres, el último que jamás debió haber caído, he soportado todos mis infortunios con una mirada despiadada y desafiante? Nadie ha demostrado tener un poder como el mío aún. Por eso, ¡caed sobre mí, feroz granizo, vientos flagelantes, noches procelosas! ¡Intentad destrozar mi alma, triturar mis alas, acabar con mi ser! ¡Os desafío a luchar contra el más fuerte! ¡Yo, Lucifer, triunfaré sobre todos, en infernal orgullo, en hórrida victoria! ¡Y tú, vasto imperio que me perteneces y que ya no podrás contener mi desbordante fuerza, gime, pues habré de atravesar tus límites una vez más! ¡Ya no seguiré torturando a los muertos, como dócil siervo del Carcelero cruel, cuando puedo escapar de aquí para, sin su aquiescencia, torturar a los vivos! ¡Daré a degustar a los hombres, en su propio universo, siquiera una pequeña porción del dolor que he sido condenado a padecer yo! ¡Y, al hacerlo, el rostro de su Padre conocerá mi puño vengativo! ¡Estad por eso preparados, oh, mundos, pues mi ira habrá de fulgurar nuevamente!».

¡Vanos pensamientos orgullosos que labraron mi actual degradación pero no cumplieron su promesa, abismándome, a cambio de nada, en estos tormentos que me laceran sin cesar! Mucho me engañaba al creer que, aplastando bajo mi pie un montón de insignificantes gusanos bípedos, iba a llevar algo de rabia o despecho al seno de su Creador. ¿Acaso era lógico suponer que podría vengar mi atroz caída contrariando de manera tan insulsa la esquemática rutina cotidiana del mismo Dios que, mientras inocentemente intento destrozar a una familia poseyendo a su hija adolescente, se encuentra ocupado en sus ejecutivas tareas diarias de enviar la peste a una nación, el tsunami a otra, la hambruna a una tercera y la iridiscente violencia de la lava volcánica a una cuarta? Más daño haría a sus designios enseñando a los hombres la paz, si no fuera porque esas inicuas criaturas no han hecho nada para merecerlo. Sí, dejemos que sigan muriendo en gran número, segadas acá por el Eterno, allá por mí y más allá por sí mismas: bastante increíble es que bajo las constantes labores de esas tres afanosas guadañas aún no hayan conocido el ocaso de una completa extinción; y más si consideramos que yo, que también he experimentado en mi carne ese triple filo, atacado una y mil veces por el Supremo, por el humano y por mis propios impulsos autodestructivos, tengo grandes dudas de que pueda seguir conservando por mucho más tiempo, si no mi existencia, al menos mi ya tambaleante, desgarrada sanidad psíquica y mental.

La peste negra espiritual

¡Oh, disponibles hospedajes cinco estrellas de gérmenes patógenos, que deberíais leerme enfundados en vuestros largos y encerados sobretodos y parapetados detrás de vuestras máscaras de pájaro con el pico colmado de paja y hierbas fragantes!, estimo que ha llegado al fin el momento de que os confiese de una buena vez, con la misma rudeza con la que el vendaval generado por un torbellino se abate sobre la humilde choza de maderos en la que el granjero cifraba insensatamente su amparo, que la experiencia ha dictaminado hace rato, sin que quepa ya en mi corazón la menor duda de ello, que no me equivocaría demasiado si afirmase que cíclicamente, durante breves períodos de tiempo separados entre sí por varias centurias de distancia, centurias que transcurren lentas y penosas para mi ansiedad y mis deseos, alcanzo yo un estado muy parecido, aunque no tanto, a algo que, sin serlo, guarda ciertas similitudes, si bien vagas y remotas, insignificantes y sutiles, con algo que intenta, sin éxito, remedar al menos una pequeña porción de la falsa apariencia de la dudosa sombra de la borrosa silueta de aquello que vosotros llamáis «felicidad». Tal fenómeno toma cuerpo en mi existencia, según es notorio y se ha comprobado de manera exhaustiva y fehaciente, cada vez que mi distraída mirada advierte, deteniendo de pronto su vagabundeo inconstante y errabundo por todos los rincones del universo, que el rostro de la humanidad está siendo cruzado repentinamente en algún lado, de manera inclemente, por el vigoroso latigazo del aterrador y ulceroso flagelo de la peste y la pandemia. Sí: cuando la plaga llena de horror el corazón del hombre, y este comienza a ver un enemigo en su semejante, a sentir miedo del anciano, a rehuir la amenazante sonrisa de los niños y a experimentar infranqueables recelos hacia aquellos especímenes del sexo opuesto que lo atraen, de tal suerte que, encerrándose en la soledad de su cabaña, declara la guerra a todo el género humano, a veces en una hosca espera que puede resultar mortífera para quien ose acercársele sin su aquiescencia, otras en un abrazo protector con el que rodea a su mujer e hijos mientras el más helado de los sudores corre por su frente, y se adentra así en una pesadilla de aislamiento y de locura que se asemeja muchísimo a esto que sólo yo, entre todas las criaturas del mundo, me veo constreñido a entender por vida, entonces puede decirse que un leve sentimiento

exultante nace en mí, pues advierto que ya no soy, al menos por un tiempo, el único que padece la acendrada incomunicación que sólo puede ser producto de las circunstancias propias de un brote epidémico. Y cuando veo a una anciana de humilde y remendado atuendo que, con su semblante surcado por llagas purulentas y negruzcas, camina por las sucias callejas medievales o el boscoso sendero escandinavo engendrando un ciego horror y rechazo en los aldeanos, que al punto huyen de ella o la apedrean locamente a fin de mantenerla alejada, a veces incluso hasta matarla anticipándose a la misma muerte negra, mis facciones se ven contraídas por un símil de sonrisa que no me atrevo a censurar, pues mi corazón no puede dejar de identificar en esa vieja a un igual, alguien que padece una vez lo que yo he padecido en millares de ocasiones, y que aún seguiré padeciendo otras tantas más. Durante la endemia, mientras pilas de cadáveres se amontonan insepultas en las calles de diezmadas poblaciones, el humano asume un rostro de demonio ante su semejante y es, a causa de ello, tratado por sus congéneres como siempre lo fui yo por todos; he ahí la razón por la cual amo la peste, la plaga y la gripe virulenta y mortal: porque al fin dejo de sentirme único y solo, al fin dejo de creer que padezco en singularísima soledad, y hasta renace incluso en mi pecho la esperanza de que tal vez, inhalando el pestilente aire contaminado que surca fantasmagóricamente las urbes, pueda poner fin con mi muerte a la inconcebible enfermedad espiritual que me corroe, impiadosa, desde el comienzo mismo de los tiempos. Pues, en efecto, como acabáis de leer, espantados aunque sin entenderlo aún, si bien es cierto que el humano se aleja de mí, cierra sus puertas de recia madera en mi cara, tapia las ventanas de su alma si le hablo, y hace todo lo posible e imposible para evitarme y aislarme como a un leproso, por mucho que me estudio detenidamente luego en los espejos (y he recorrido el mundo entero, en lento peregrinaje, para observarme en millones de ellos, buscando infatigablemente aquellos cuyos reflejos estuviesen reputados como los más perfectos y confiables), no encuentro jamás, ni en mi pálido semblante ni en mi elevada y desgarbada figura, estigma alguno que delate la más mínima presencia de enfermedad, motivo por el cual he debido concluir que la peste que ensombrece mi vida, y que me rodea ante los ojos de los hombres como con un invisible hálito envenenado, no puede sino ser de índole espiritual. Desde la aciaga noche en la que comprendí finalmente esta terrible verdad, el dolor se ha vuelto para mí una realidad tan palpable como duradera e inmortal. En breve, guardo todo el aspecto de un hombre perfectamente sano, pero los humanos me temen más que a un apestado, huyen de mi presencia y cortan sus relaciones conmigo como si viesen algo en mí que yo no logro percibir, como si mis negras alas, desgarradas por el estrago de cuantiosas tumefacciones, se manifestasen de pronto, enhiestas sobre mi cabeza, ante sus ojos llenos de repentino pánico. Sin duda, pues, mi espíritu ha de ser portador de una extraña pestilencia, de suerte que a nadie puedo tocar, a nadie acercarme, y sólo horror engendro a mi paso; soy como un náufrago en este mundo, mas sin el consuelo de saber que mi soledad inexpugnable es producto de una insalvable distancia física con el resto de la humanidad, sino, al contrario, conociendo que estaré por siempre condenado al perpetuo y desgarrador silencio y vacío de una isla deshabitada aun viviendo en medio de la más populosa y bulliciosa ciudad; supurante y peligroso, peregrinando incansablemente por la tierra, enfundado siempre en negros harapos que me ocultan de la vista, rechazado por todos, maldito, rehuido hasta por las aves, caído en medio de las nieves y los bosques, acongojado, taciturno, aullando de dolor, sin otra cura para mi mal que la muerte, y teniendo que rechazar con mi más arisco y severo ceño de odio a todo el mundo, acerbo tormento; pues, si algún alma en exceso piadosa y caritativa se acercase alguna vez a mí, ¿cómo podría yo perdonarme el que, en vez de rendirle el debido agradecimiento por no obrar como todas las demás, tuviese que resignarme a contagiarle irremisiblemente mi enfermedad infecciosa para, retribuyéndole su osado amor con un exicial abrazo, encontrarla finalmente al amanecer recostada exánime a mi lado, completamente cubierta por el gélido rocío de la muerte y con su cadavérico semblante mudamente arrasado por las inmisericordes garras de la agonía? ¡Ah, lo que daría por escupir sangre con mi tos, entre convulsiones epilépticas y espasmódicas; lo que daría por ostentar un tinte amarillento en mi rostro, por lucir en mi cuerpo la erupción hemorrágica de la viruela, por mostrar a los ojos del sol las blancas manchas de la lepra, por ataviarme en los purulentos bubones negros de la peste! Entonces me reconciliaría rápidamente con mi destino, encontrando en esos monstruosos síntomas explicación para mi soledad; pero no es ese el caso, ni lo será jamás, pues únicamente en mi espíritu se materializa el invisible horror de mi espantoso mal. Fue por ello que cierto día no lo soporté ya más y, arrancándome en un acceso de locura mis globos oculares, que sólo me habían servido hasta entonces para revelarme incesantes escenarios de inmutable aislamiento, abrí por fin al mundo mi olvidado sexto sentido de la visión metafísica, deseoso de encontrar la causa de que el animal humano me aborreciese de tal modo. Entonces pude, en una rápida mirada, percibir esos insoslayables chancros cancerosos que constelaban mi alma toda, esos viscosos estigmas de enfermedad espiritual que me hacían tan horrible y peligroso a los ojos del universo y que evidenciaban esa rara dolencia contraída en los albores mismos de la historia, cuando ya los perros me alejaban con sus ladridos, los caballos se encabritaban en mi presencia y el humano se rehusaba a devolver mi tímido saludo. Desde ese fatídico momento en que me fue dado atestiguar el verdadero estado de mi espíritu, infectado sin duda por una desconocida cepa pestífera tras haber entrado en imprudente contacto con el pútrido aliento del Creador, observo día a día cómo mi piel se cae a pedazos, mis carnes se consumen, mi silueta se vuelve gradualmente un deforme despojo mientras me voy reduciendo a una palpitante llaga purulenta, a una tumefacta charca de podredumbre que ya prácticamente no me atrevo a tocar, imponiendo mis temblorosas manos sobre esa mórbida y blanquecina epidermis, por temor a esparcir más los focos infecciosos y empeorar la situación cubriendo mi estragado envoltorio terreno de pústulas, úlceras y abscesos de todo tipo y de diverso grado de latencia y amenaza. Así es que he asumido, y más vale que lo hagáis pronto también vosotros, que sólo está en mis posibilidades dar contagio y dolor: no otra cosa puede el mundo esperar de mí. Mas no es este el momento de seguir escondiendo la verdad; abriré, así pues, mis espumosas fauces de par en par, impregnando con mis ponzoñosas exhalaciones el aire circundante, y que sólo me escuchen aquellos que estén preparados para morir: la razón por la cual escribo todo esto es porque, en mi furia y mi despecho, quiero contagiaros a todos, saludables humanos cuya estulticia y mediocridad es el más perfecto reaseguro de que contáis con altísimas defensas espirituales y un sistema inmunológico envidiable que difícilmente pueda yo vulnerar; ansío propagar entre vosotros mi insoportable pestilencia psíquica, esparcir mi hálito letífero a través de las mentes de todo el globo, hacer metástasis en el mundo entero, generar a mi paso una monstruosa y nunca vista pandemia universal de muerte y de dolor, gangrenando todas las almas y destruyendo todas las vidas que cayesen dentro del alcance de mi funesta mirada y de mi ceño feroz. Así como lo oís, legiones de hipocondríacos que ya empezáis a identificar algunos de mis síntomas en vuestra presente soledad, la cual es sin duda la causa de que, en vez de estar ahora en alegre consorcio con alguno de vuestros semejantes, os hayáis abocado a la insensata lectura de mi tenebroso y amargo diario, tan apartado del calor y la sonrisa del resto de la humanidad. Y tú, mullida cuna de bacilos y microbios, tú que, aunque no lo sepas, tantas veces te has sentido un poco como yo: ¿quién te asegura que no has contraído ya, al leer estas tuberculosas palabras en las que mi saliva se mezcla con una considerable abundancia de sangre, una fatídica e incurable peste espiritual?

Mártir de vidas pasadas

esde el preciso instante en que este mundo, con pálido semblante y temblorosos brazos, me recibió en las putrefactas dársenas de la vida, pestilentes aguas en las que anclé violentamente, que la suerte se encapricha en mostrárseme siempre ceñuda y adversa, cual una doncella de alta alcurnia que desplegase todo el esplendoroso plumaje de su hosca aspereza ante un humilde pretendiente de baja cuna. Quizás se deba a que unas extrañas deidades de la noche me quieren artista y creador y por ello procuran, con empeño, tanto que los solicitados dones de la fortuna me sean invariablemente esquivos como que mi destino discurra, de manera incesante, en profundos abismos de sombra de los que sólo se puede escapar, entre perennes fatigas y sufrimientos, por la trenzada escala de seda que nos presta el arte más desesperado; o quizás se deba a que unos bondadosos dioses protectores de la raza humana, conociendo los peligros que encierro, mancomunan sus más desalados esfuerzos en pos de sabotearme. Pero, cualquiera sea la razón, el infortunio que me acompaña como mi sombra desde la más temprana infancia no ha dejado de asombrar a los silenciosos planetas que, cada vez que elevo al cielo mi mirada cargada de reproches, esconden, tras los muros de las distintas casas zodiacales, toda la vergüenza de su desolador sentimiento de culpa. No daré ejemplos concretos ni me pondré a narrar todas las desgracias que me han perseguido, como famélicas harpías de fúnebres alas, desde los primeros instantes de mi vida, pero sí diré que es ya tradición extendida, entre los gatos negros de la ciudad, la leyenda de un misterioso sujeto de oscuros atavíos que deambula de noche por el silente laberinto urbano; según los gatos se van transmitiendo solemnemente de generación en generación, si este extraño ser vestido de negro se cruza por delante de alguno de ellos, las más despiadadas desgracias persiguen durante todas sus nueve vidas al desdichado felino que se topó con el errabundo caminante: es esta la razón por la cual cada vez que los gatos ven los siniestros contornos de mi silueta acercándose a sus narices se vuelcan de inmediato a fugas confusas y desesperadas, o trepan a los tejados con velocidad, o dan no sé cuántos pasos caminando hacia atrás mientras maúllan no se sabe qué mágico ensalmo de propiedades aparentemente virtuosas que obra a fuer de contrahechizo salvador. Cuando paso por debajo de

una escalera, el primer incauto que se sube a ella queda automáticamente condenado por los hados a padecer largos años de adversidades y una espantosa muerte. Si una pareja de enamorados se sienta delante de mí en los teatros o en el transporte público, a los pocos días ven marchitarse para siempre, bajo el frío granizo de los malentendidos y el inclemente sol del odio, los verdes lazos de hiedra y siemprevivas que los unían en estrecho vínculo amoroso. Muy en boga estuvo, entre los suicidas algo temerosos de la pólvora y de la soga, la costumbre de proponerse hacerme un bien, sabiendo que, de sólo intentar favorecerme en algún aspecto, su suerte quedaba echada y su deceso era cuestión de horas. Espantosas brujas y siniestros hechiceros de todos los rincones del orbe llevan años intentando conseguir siquiera unos pocos cabellos míos a efectos de conferir mayor poder y virulencia a sus negros filtros y pócimas. Desde la funesta noche de mi aciago nacimiento, un atónito Murphy, célebre legislador de fatalidades, debe sentarse a redactar, con infatigable pluma, unas quince o veinte leyes nuevas por jornada a medida que me voy dando de bruces con ellas en mi accidentado trajín cotidiano. Carece para mí de significado el ominoso martes trece, cuyo concatenado tren de contratiempos y desgracias se confunde y mimetiza entre los que idénticamente me acosan durante todos los restantes días del año. En breve: soy un amuleto de calamidades, y quien me posea o tenga cerca será desdichado. ¿Cuál es el funesto misterio que signa de tan catastrófica manera, sumiéndola entre eternales sombras de ruina y de naufragio, mi existencia toda? ¿Acaso los planetas, envidiosos de los insoslayables influjos de mi demoníaco poder, formaron, en infame conciliábulo, un aterrador coro de blasfemias para echarme todos de consuno mal de ojo al nacer? ¿Acaso aquel inescrutable Dios de la burla y del sarcasmo me somete a todas estas pruebas e infortunios para constatar si, tras atravesar las distintas fases de su perversa conducta y los diversos avatares de su inmortal rencor, sigo aún, con inocente y candoroso pecho, amándolo tal y como, en mi infancia, mis mayores me prescribieron que lo hiciera a pesar de todo? ¿O será la noción del karma una terrible realidad y, como todo parece indicarlo, yo he sido un célebre abogado en alguna vida precedente? Esto último podría explicarlo todo, pero mi naturaleza se rebela ante la injusticia de una religión que propugna la idea de que la cuenta de todos los banquetes y placeres con los que algunos humanos se castigan sin remordimiento en su vida la pagan los pobres diablos que heredan luego esos espíritus resacosos. No quiero vivir en un mundo tan mal hecho: el sistema tiene que ser cambiado. Y, si no se puede, en vez de pagar la cuenta aprovechemos el crédito y sigamos derrochando con mano dadivosa. Cuando un hombre, que no ha hecho nada para merecerlo, advierte que, bajo la forma de enfermedades, pobreza, soledad, insultos, desengaños y toda clase de divisas similares, lleva ya años pagando miríadas de deudas e intereses por desconocidos crímenes que jamás ha cometido, comprende de pronto la necesidad de hacer algo extremadamente maligno para ganarse semejantes castigos por mérito propio y poder así justificarlos. De esa suerte obré yo, que había nacido con los visos de un ángel, lanzándome en mi adolescencia, de manera precipitada, a la espantosamente vertiginosa carrera del mal. Catálogos enteros de pecados antiguos y novedosos me saludaron y, con asombro, contemplaron mi satánica capacidad para engrosar sus filas con nuevas creaciones de cuño propio; extremas y violentas acciones me tuvieron como ineludible protagonista, y ciudades enteras sangraron y humearon en mi cada vez más terrible nombre, bajo el flagelo de mi ira y la espada de mi cólera, mientras el grito de una humanidad ultrajada ascendía, impotente, en medio de la noche. Los ángeles, mis antiguos hermanos, lloraban amargamente sus lágrimas de ópalo iridiscente y sus lágrimas de cristal helado mientras me observaban desde las nubes, sin poder evitar dirigir cada tanto, por sobre sus hombros, tímidas y suplicantes miradas a un Creador que permanecía pensativo y silencioso, con el rostro cruzado de lado a lado por el inclemente latigazo de la preocupación y del miedo, al tiempo en que, en el Infierno, crecían la envidia y los vanos intentos por emularme entre los demás demonios. Mas, una vez que mis manos estuvieron lo suficientemente empapadas en los aguardentosos océanos del vicio, una vez que mi corazón estuvo lo suficientemente embebido en los intoxicantes néctares del estrago, mi suerte cambió por completo y la fortuna comenzó a sonreírme sin atisbo alguno de decoro o recato. Todas las empresas y proyectos pergeñados por mi imaginación empezaron a llegar invariablemente a buen puerto, mi capital comenzó a incrementarse solo, las mujeres más bellas y sofisticadas empezaron a frecuentarme, la humanidad que siempre me había odiado no tardó mucho en sonreírme, los más encumbrados cargos de la poderosa maquinaria estatal fueron depositados a mis pies, los negocios más espurios y suculentos fueron sometidos a mi laudo, y el sol despuntó finalmente para mí. Y es de ese modo que hoy, que dispongo de sobrado tiempo para el ocio gracias a mi nueva opulencia, puedo hablar sobre mi mala suerte y mi habilidad para, volviéndome un verdadero demonio, legársela a los futuros derechohabientes de mi alma; pero, y recordad esto siempre, oh, infectos humanos, mis crímenes no han sido para mí más que un mecanismo de defensa, un mecanismo de defensa absoluta y estrictamente necesario.

Oda a la decrepitud

atigaba cierta noche mis pasos en torno a las humanas madrigueras, mientras trataba inútilmente de comprender, asomando mis incógnitos ojos al horrendo calor de los sonrientes y amistosos ventanales familiares, el misterio de la paz hogareña que nunca me fue dado conocer, cuando advertí de pronto la presencia de una extraña silueta que, alejándose por la vereda opuesta, caminaba lentamente bajo el silencio de unos faroles que alargaban su sombra hasta transformarla en una caricatura de la muerte. Estimé que se trataba de un viejo miserable, del cual los transeúntes se apartaban sobreactuando disgusto y ante el cual algunos incluso emprendían alocadas fugas como si hubiesen visto al mismo Diablo, lo cual no podía ser, pues, dado que yo lo seguía semioculto y a bastante distancia, les habría resultado imposible distinguir con claridad mis facciones. Viendo, así, que el anciano era, cual si de un hermano mío se tratase, objeto de rechazo por parte de toda la humanidad, la cual no vacilaba en arrojarlo fuera de todos los pórticos y de cerrar inmisericordemente frente a su apesadumbrado y suplicante rostro tanto el rústico ventanuco del aldeano como la broncínea puerta del poderoso, negándole protección de los elementos y descanso a sus extenuados huesos, no pude evitar el acto reflejo de correr hacia él a fin de ofrecerle albergue en mi humilde morada, en la cual había decidido agasajarlo espléndidamente compartiendo con él los secos y escasos mendrugos de pan que eran todo mi sustento. Pero entonces, no bien hube llegado a su lado y le hube transmitido la idea de poner a su entero servicio toda la pobre hospitalidad que se hallaba en mis magros recursos brindar, el anciano volteó su rostro afable hacia mí y, en un instante de sorpresa y estupefacción que jamás podré olvidar, entendí súbitamente todo, mientras mis ojos sulfurosos no tardaban en recibir una inyección de lágrimas que ponía ansiado fin a otro milenio de crudelísima sequía pregonada por las rojizas osamentas de reses que yacían sobre el árido desierto amarillo de mis insomnes escleróticas: el canoso caminante al que todos los humanos rehuían con tanto horror, y al que sólo yo aceptaba recibir entre mis cuatro paredes, era ni más ni menos que el espíritu de la Vejez. ¿Por qué, caro amigo, los hombres desprecian de tal modo tu barba y tu cayado y ansían ser eternamente víctimas de los tropiezos de la ingenua juven-

tud? ¿Por qué, queriendo vanamente hacer girar en sentido contrario las insobornables agujas del tiempo, se aferran con uñas y dientes a su perenne inexperiencia, a una belleza marchita que nunca fue del todo bella sin el ornato de la sabiduría, y a todos los atributos más fútiles y carnales del inmaduro estado, mientras adulteran cuentas, tocando con matices rubí las castas mejillas de las silenciosas matemáticas, para quitarse años en el grotescamente estéril afán de disimular inocultables arrugas y canas bajo el corto manto de una cifra etaria falazmente exigua? Mas poco me importa lo que los mortales, pusilánimes criaturas que temen verte en el espejo, hagan mientras abusan de sus impostergables cirugías, afeites, tinturas y pomadas; sólo puedo afirmar que yo, oh, Vejez, te daré una exultante bienvenida en mi humana choza y aspiraré a, como el castillo medieval enclavado en las brumosas regiones cátaras, embellecerme únicamente por medio de tus dones. Sí, a ti te invoco, anciano venerable, que con tu humilde bastón tranquilamente podrías desafiar a la guadaña si no fuese porque ya conoces demasiado bien la vida; tú que añoras los viejos tiempos en los que eras respetado por tu saber y tus consejos, ya entre celtas, japoneses o dogones, y que adviertes con dolor cómo los usos democráticos, para los cuales la opinión más autorizada vale tanto como la mentira aviesa y la petulante ignorancia, han degradado tu mesurada voz al mismo nivel que los atiplados graznidos del rapaz de cuya inexperiencia mana a borbotones una vociferante y segura soberbia; tú que llenas de espanto a aquellos que no han sabido aprovechar su existencia y que sienten que se les escurre de las manos, no habiendo cumplido su ciclo del todo, o que, solicitados por un inalterable sentimiento voluptuoso, no se resignan a que los dones de la fortuna tengan término, pero que aún infundes más pavor en aquellos otros que, envidiosos de la aparente aunque engañosa dicha ajena, sueñan febrilmente, como jugadores compulsivos, con tener un cambio de suerte si les concedes aún una tirada más de dados; tú que sólo eres aceptado con contento y sin pueriles rebeliones por quienes se han despedido prematuramente de la vida, habiéndola comprendido; tú cuyo cambiante rostro, a veces de abismo, a veces de fauno hastiado, a veces de estoica resignación, a veces de dios sereno, sorprendería hasta el horror a aquellos que, sin alma para la poesía y el sueño, no conciben que exista otro rostro más que el del mísero humano. Pero no te quedes ahí: introdúcete ya en mi morada, otoño de la Vejez. Y tú, vete inmediatamente de mi cuerpo, liviana y poco sustanciosa Juventud: escasos son los dones que me has dado, y algunos de estos no han resultado aun sino dañosos. Nunca tu despreocupada risa, tu nada juicioso carácter y tu atropellado paso trajeron verdadero gozo a mi espíritu, y jamás tus fuerzas redundaron sino en catástrofe para mí mismo o para mis derrotados enemigos, vencidos por mi férrea alianza con tu ardoroso brazo. Sí, sé que no cuento aún con la edad suficiente como para que me sea lícito, según todas las estipulaciones legales, obtener el título de anciano, pero ¿acaso nuestra edad no está determinada sino por las vueltas completas que esta estúpida esfera en la cual moramos efectúa, con nosotros montados sobre ella, alrededor del astro luminoso? Siendo así, ¿qué tengo yo que ver con el sol? Toda mi vida transcurrió en la noche, por lo tanto mi edad es incierta. Venid, pues, majestuosas arrugas, tomad posesión de las heredades que mi fenecida juventud os lega testamentariamente y haced de mi frente vuestro asiento, multiplicando generosamente desde ese centro de mando vuestras numerosas grietas y surcos a la totalidad de mi geografía corpórea, aunque no sin que cada miembro de vuestra progenie lo haga trayendo consigo su adecuada cuota de sabiduría; y vosotros, encanecidos cabellos, coronad esta testa, mientras muchos otros de vuestros hermanos van cayendo y despojando a mi frente de su antiguo esplendor capilar, con las argénteas nieves de la prudencia que pone coto a la precipitada pasión y que, liberándonos del pesado yugo del deseo, trueca en la quietud de una contemplación pura y objetiva estos maremotos de sangre que ya hunden a los hombres en las sentinas del libertinaje o bien los empujan de manera interminable y desesperada a buscar, infructuosamente, una soledad con la cual compartir la propia; y tú, encorvada columna, entronízate ya en mi espalda fatigada, pero que vengan también contigo tu mesura, tu estoicismo y tu avisado consejo a apuntalarme en una recta senda que, mientras la lumínica mirada de la ciencia atempera mi arte fogoso, ponga fin a mis alocados devaneos; y tú, sordera amiga del silencio, acude ya a mis pabellones auditivos a fin de poner término al insoportable ruido del mundo, taponando mis aturdidos oídos de suerte que no les sea ya posible escuchar sino de modo muy confuso y lejano el despreciable sonido efectuado por la frívola lengua humana, heraldo de las necedades antes que de las razones del hombre; y no te retrases tampoco tú, ceguera de los ojos, pues necesito que mis agudas pupilas de halcón asuman gradualmente la rigidez de las de los topos con el objeto de que no vuelva ya la horrible efigie del rostro humano a perturbar mis nervios y a llenarme de asco como no sea de manera muy difusa y borrosa, atenuando de ese modo el sobresalto de desagrado y mis subsecuentes furores; y vosotros, achaques y enfermedades de la tercera edad, bendecid ya con vuestra debilidad a mis huesos, siquiera para que se me dificulte un poco el seguir llevando a cabo tantos crímenes de lesa espiritualidad y para permitir, de ese modo, que la humanidad se tome al fin un breve descanso de las incesantes tormentas nacidas de mi pertinaz malicia, transmutada entonces en los inofensivos refunfuños misantrópicos de un simple viejo cascarrabias y gruñón, y que no falten tampoco vuestra frugalidad en el dormir y en el comer para cubrir con un manto de serenidad el desorden de mis costumbres desprovistas de todo saludable concierto; y por sobre todo tú, anhelado olvido, dame a beber unas anticipadas gotas del amado Leteo, corriente junto al rumor de cuyas aguas moré tantos años, vierte tu negro tintero sobre las amarillentas páginas de mi memoria y vuélvelas ilegibles para mi mente dolorida, sume en la confusa noche de la decrepitud eterna esos vergonzosos recuerdos de mi pasado que me acosan, y permite así que el sueño pueda al fin, en mi ancianidad recién conquistada, cerrar mis ojos invitándome al embriagante sosiego de un tranquilo reposo. Sí, Senectud, otórgame todo esto que te solicito sin que tu munífico pulso tiemble por un solo instante. No ignoro que, a causa de que los mortales siempre se mostraron reacios a darle formal empleo a un ser de mi estirpe, tú serás para mí sinónimo de extremas pobreza y soledad, un negro tiempo de privaciones y dolor, pero ¿acaso pueden asustarme los dos aspectos más recurrentes de lo único que he conocido hasta ahora como vida?, ¿acaso puede atemorizarme, en esta pocilga fría y desolada en la que escribo, la perspectiva de vivir unos pocos años más en lo que ya se ha vuelto mi hábitat natural? Nada temo, achacosa y senil Vejez, y, aunque ello signifique para mí un gran sacrificio, estoy dispuesto a ser el único que se atreva a ofrecerte techo en su cubil de lobo, tendiendo una mano amiga a tus tan incontables cuan inconsolables desgracias. Pero, antes de que entres gloriosamente a refugiarte en mi tenebrosa celda monástica, frente a la cual acaso seas tú quien debería poner reparos, déjame hacerte una pregunta ociosa aunque necesaria: si la vejez es tan sólo un lento prepararse para la muerte y un nostálgico mirar melancólicamente hacia el pasado, ¿debo admitir entonces que ya desde mi más temprana infancia he sido yo un anciano?

El demonio redentor

ifícil sería para mí olvidar aquel oscuro episodio de mi anquilosada necrografía (palabra que empleo pues ya no me atrevo a denominar «biografía» a la historia de alguien que sólo puede relacionarse con la muerte) en que vine a este mundo con el propósito no de condenar almas, como sería lo esperable en un demonio, sino con el de redimirlas y salvarlas. Sí, lo digo sin que mis mejillas se tiñan con el lívido matiz del flamígero Flegetonte: en una ocasión ascendí a la Tierra para enseñar a los hombres a amar y a ganarse el perdón del Cielo. He aquí cómo fue que aconteció un portento tan excepcional y sorprendente.

Hallábame cierta vez meditando nuevos planes de conquista en mi trono situado en los recintos del Pandemonio, como durante otra jornada laboral cualquiera, cuando uno de mis subalternos infernales se me acercó con un parte informativo que trataba en detalle una alarmante situación: el crecimiento demográfico de pecadores había dejado al Tártaro en un estado de virtual superpoblación que amenazaba con hacer colapsar pronto las vetustas estructuras del reino. Salí de inmediato a recorrer mis vastos dominios, escoltado por todo mi gabinete, y no pude dar crédito a lo que veían mis atónitos ojos: mis estrategias políticas para seducir almas habían resultado tan exitosas que todos los espacios de mi morada se veían congestionados por un apiñamiento sin precedentes, el cual, para peor, amenazaba con seguir aumentando consuetudinariamente como no fuese que efectuara yo un brusco giro de timón con premura y acierto. Tras bramar un rato frente a mis ministros por no haberme, conforme al talante timorato y complaciente que los tiranos engendramos a nuestro alrededor, advertido oportunamente sobre los riesgos prácticos que entrañaban mis medidas cortoplacistas, cuya inicial efectividad se revelaba ahora como de consecuencias catastróficas, y por haber dejado asimismo crecer esa bomba de tiempo hasta tal punto sin anoticiarme debidamente de lo que sucedía, pasé revista a los dramáticos índices e informes que las distintas entidades de control y estadísticas me hacían llegar: el Infierno estaba al borde del colapso más absoluto, y especialmente complicados, diría que dramáticos, eran los puntos tocantes a redes cloacales, hacinamiento, hambrunas, atención sanitaria, viviendas precarias y desocupación. Los condenados eran tantos que hasta habían tenido lugar severos amotinamientos en los que mis esbirros, en insostenible desventaja numérica, habían llevado la peor parte. Incluso, llenábame de preocupación la insólita aparición de incipientes partidos democráticos que manifestaban la absurda intención de plebiscitar mi mandato o, peor aún, de hacerme enfrentar en elecciones abiertas a algún candidato humano, de tan demagógicas arengas cuan escasas luces, ante el cual mis chances no podrían sino ser perdidosas, pues ¿acaso podría ganarle Cicerón una elección a un babuino en la Ciudad de los Monos? Para decirlo en breves palabras: el Averno estaba repleto, se había transformado en un verdadero caldero, y no había lugar para una sola alma más. A lo que se sumaba el hecho de que, por un tecnicismo legal en la letra chica de mis títulos de propiedad, me era imposible agrandarlo comprando espacios metafísicos adyacentes.

Eso fue lo que, mientras mis cancilleres salían presurosos a buscar una solución iniciando una mesa de negociaciones con los embajadores celestes, me resolvió a volar raudo a la Tierra con el preventivo fin de salvar, siquiera provisoriamente, al mayor número posible de hombres indicándoles la recta senda y moviéndolos a tomarla antes de que las cosas en mis dominios se saliesen de control. No achacaré ahora exclusivamente la desalentadora infructuosidad de mis vanos esfuerzos ni al carácter de súbito e improvisado que mi viaje tuvo, ni tampoco a la extrema necesidad de ubicuidad que me obligaba a atender mi propósito redentor sin dejar de, al mismo tiempo, desgastarme en el febril monitoreo de los constantes telegramas que daban cuenta de los avances de la problemática situación en el Infierno y de los magros resultados que iban arrojando las complicadas rondas de diálogo en el Cielo, distrayendo así de su objetivo primario a mi mente llena de preocupaciones y reclamada de continuo por esas otras instancias. No: el humano estaba ya en un estado de decadencia colosal e irreparable, y mis grandes dotes de orador de poco servían frente a una multitudinaria bestia que se había enamorado tanto de su propia animalidad y de su temperamento débil y vicioso. Costaba a mi elocuencia abrirse paso hasta el otrora tierno y sencillo corazón del hombre, cuyas puertas habían sido blindadas y aseguradas bajo los siete herrumbrosos candados del hedonismo y la egolatría, y, del mismo modo, cada vez que intentaba predicar con el ejemplo no obtenía como resultado más que las sonoras risotadas y chanzas de la idiocia generalizada. Me puse a edificar afanosamente, pues, templos e iglesias en tan populosos como equidistantes puntos del orbe, pero no tardó hasta el último de ellos en ser derribado por la furiosa sinrazón de un mundo que, espoleado por los sonrientes medios masivos y la frivolidad, los veía como odiosos obstáculos para el desenfreno de los sentidos en el que parecía encontrarse a sus toscas miradas el único solaz posible en este mundo; me consagré entonces a la sofisticada elaboración de perfectas y maravillosas utopías, en las que unas absurdas condiciones de igualdad social obrarían el repentino milagro de transformar a los caóticos y brutales hombres en hermosos seres de amor y de conocimiento, pero el resultado no fue sino opresión, matanza y estrago, como después de todo era fácilmente previsible; opté, así pues, por los tortuosos senderos de la filosofía, pero fui oído de tan pocos que hasta las burlas que recibiera por parte de la plebe Zarathustra me parecieron deseables y benditas; hablé de amor en medio de las orgías, mencioné la solidaridad en medio del festín y la rapiña, ofrecí mi otra mejilla en medio de las grescas más encarnizadas, enarbolé la bandera de la paz bajo las ciegas orugas de los tanques, encomié la creación y el arte ante el marginal que mataba para adquirir estupefacientes y narcóticos, recordé la misericordia del Señor al sacerdote vicioso que se obstinaba en mancillar sus hábitos, expliqué la existencia de algo llamado dignidad humana en la voluptuosa mesa de la hipócrita política, y de todas partes fui expulsado como un leproso o un aguafiestas, con el esputo del oprobio manchando mi pálida frente y el puñetazo de la insolencia amoratando mi ojo contrito. ¡Nadie atinaba a imaginar que era un demonio aquel que, sin mayor suerte, intentaba salvar y mejorar a los hombres!

No queriendo condescender a la poderosa idea de bajar definitivamente los brazos, mi mente industriosa concibió la hábil estratagema de aumentar la tasa de mortandad infantil con el objeto de que, antes de llegar a convertirse en consumados pecadores, los humanos evitasen mi reino y fuesen a poblar el limbo al que los infantes son destinados; asimismo, para que no siguiese incrementándose en mis abismos el número de espíritus alborotadores, tomé un camello y, moliéndolo por completo en un mortero, me dediqué a hacer pasar, con paciencia, todos y cada uno de sus átomos a través del ojo de una aguja para que la izquierda caviar pudiese por fin entrar al Reino de los Cielos. Pero tales medidas sólo podían empezar a rendir sus dividendos en un futuro muy lejano, mientras que la problemática del Averno, que los últimos partes me aseguraban que era ya una olla a presión en la que el descontento de las almas apretujadas amenazaba con terminar de un momento a otro en un verdadero estallido social, exigía de manera acuciante una resolución inmediata. Preso de la desesperación, quise hacer oír mi perentorio llamado de concordia en todo el mundo entero, conmover con mi lastimera voz del primero al último de los corazones, gritar tan fuerte que todos los rincones del orbe se llenasen y estremeciesen con los ecos reverberantes de una súplica atronadora, pero, ya sin fuerzas, no pude evitar caer de rodillas, tembloroso y vencido, sabiendo que la humanidad no querría oírme y que, como Cronos al ser derrotado por su hijo Zeus, también yo había sido finalmente aplastado por mi propio vástago, el Pecado.

Sólo una cosa me quedaba por hacer, y era ponerme yo mismo al frente de las negociaciones en las graves salas marmóreas del Paraíso. Solicité, así pues, perentoria audiencia con los poderes celestes, petición que fue escuchada. En un ambiente de suma tensión y crispación, en el que no faltaban las chicanas y las posiciones irreductibles, llevé adelante con diplomacia al par que con firmeza los durísimos diálogos con lo más granado de las autoridades divinas, hasta que finalmente obtuve, por medio de efectistas amenazas de huelgas en las labores de castigo y piquetes frente a los muelles de Caronte, la concesión de inmensos terrenos del Érebo que bastarían a descomprimir definitivamente la situación de las planicies estigias.

Desde ese momento, ensanchados de manera inconmensurable los límites de mi imperio, y aplacados finalmente en las masas de sombras el descontento popular y los estúpidos deseos de democratizar el Báratro, pude dejar de lado mi asaz estéril oficio de demonio redentor y permitir nuevamente a la humanidad acrecer su número negligentemente y pecar a su entero antojo, pues están más que fundados los complejos cálculos algebraicos que aseguran que siempre sobrará espacio en el Hades, no sólo para dar albergue a incontables milenios de generaciones humanas, sino incluso para ofrecer holgado lugar a los crecientes círculos de tortura y tormento, muchos de ellos aún en embrionaria etapa de planificación, infraestructura, ingeniería y construcción en torno a los exiguos nueve de antaño, en que se dividirán los lujosos terrenos de mis vastísimas heredades infernales. Así pues, oh, rebaños de insectos, podéis seguir entrando a mi reino; y tened por seguro que, si no fuese porque hace rato que mi fóbico odio a los sitios populosos me ha obligado a expatriarme de semejante hormiguero babilónico, yo mismo os daría la bienvenida a todos en las grises márgenes de mi añorado Aqueronte.

El cíclope del altillo

¿Podrá jamás alguno de esos abominables mamíferos bípedos cuya naturaleza es tan inverosímilmente débil y viciosa que, no bien se apiñan en sociedades un tanto numerosas, han menester, a diferencia de la manada de antílopes o de la jauría canina, del dictado de férreas leyes, secundadas por las filosas espadas de los guardianes de la justicia, a fin de regular sus conductas y no despedazarse ni esquilmarse entre sí tan a menudo como quisieran, podrá jamás alguno de esos especímenes, repito, pues ya las frondosas ramificaciones de mis impenetrables frases comienzan a cruzarse, como siempre, al otro lado del no tan caudaloso río de lo racionalmente inteligible, de tal modo que considero más prudente retrotraerme sin disimulo a la raíz de la oración antes que seguir avanzando, podrá jamás alguno comprender, repito una vez más, aun a riesgo de que se me tache, no sin razón, de insistente en grado sumo, podrá jamás alguno comprender, siquiera vagamente, qué es lo que se siente aullar noche tras noche de manera desesperada y sin sentido, en la soledad del inexpugnable encierro en un sucio altillo, durante años muy difícilmente computables en los que el único rostro que cada tanto nos observa compasivamente es el de una luna que se asoma tras unos barrotes herrumbrosos y sombríos ante los que nuestra alma retrocede aterrada? ¿Podrá alguno no ya comprender, pero siquiera imaginar ese horror, esa soledad, esa desesperación, esa locura de sueños rotos y de esperanzas mutiladas? ¿Podrá alguno llegar a otear con escudriñadora mirada lo que realmente yace en los abismos del alma de un monstruo que, al buscar el afecto de quienes no se le parecen, sólo engendra un terror de muerte y el más demencial aborrecimiento a su alrededor? ¿Podrá alguno entender por qué el Minotauro asesinaba, entre lágrimas, a las doncellas que gritaban al verle en su laberinto, cuando él sólo ansiaba hablarles y manifestarles sus legítimos sentimientos de ternura? Tales eran algunas de las preguntas que me formulaba sin cesar en los bosques desolados, entre violentas aunque mudas gesticulaciones que llamaban la atención de todas las perplejas aves que poblaban la foresta, tras conocer la aciaga historia de Etelvandro, historia que aún me produce escalofríos y me desgarra el alma hasta el punto de que no puedo permanecer un minuto más sin transcribirla, aunque lleno de espanto y con una pluma temblorosa, en este diario que ha sondeado ya a menudo las más profundas sentinas del dolor y del sufrimiento pero, según me lo dice el corazón, jamás hasta honduras tan pasmosas. Por eso, preparaos, abortos de Dios, pues lo que vais a leer a continuación, mientras me aparto del estilo y los temas que suelen poblar mi manuscrito sangriento, es algo que podría helar vuestras almas y llevaros al suicidio inmediato si no fuese porque vuestra bestialidad os imposibilitará comprender ni la más sutil sombra de una sola de las aleccionadoras palabras que enhebran este acerbo drama.

Entre los acaudalados muros de una mansión señorial en la cual el primer acto de esta sublime tragedia encuentra su marco, una célebre dinastía familiar vivió durante siglos una envidiable historia de dicha y de prosperidad, transmitiendo de una generación a otra no sólo el apellido sino también, con él, el éxito y la bienaventuranza. Al morir el último patriarca que esa familia tuvo antes de la presente narración, su heredero, uno de los más agraciados vástagos de esa noble alcurnia, contrajo nupcias, como era ya usual en su linaje, con una de sus bellísimas primas. La felicidad coronó esa unión, y no fue mucho lo que tardaron en ser bendecidos con la dulce espera de un retoño en el cual, pues no de otro modo podía esperarse, enormes expectativas fueron depositadas. Pero, entonces, la sombra de la fatalidad hizo su funesta aparición sobre ese antiguo terruño, pues aconteció que el hijo de este matrimonio nació con manifiestas anomalías físicas que sumieron en el estupor y aun en el horror a quienes asistieron a la parturienta, y que bien podía decirse que alcanzaban con holgura la magnitud de lo directamente aberrante. Comenzó a murmurarse que ese infante era hijo del Demonio, aunque puedo afirmar que no era tal el caso, y gran parte de la servidumbre se negó a seguir prestando servicio en esa casa en la que hasta entonces sólo habían encontrado comodidades y excelente trato, casa sobre la que así caía la sombra de una extraña maldición. La inenarrable abominación fue amamantada por una nodriza ciega, y, tras habérsela bautizado clandestinamente, puesto que el párroco oficial no quiso reconocerla como hija de Dios, con el nombre de Etelvandro, se la confinó a un altillo de la mansión, donde poco a poco, mediante la sucesiva aparición de hijos hermosos que sanaron esta primera herida de sus padres llenándolos de orgullo y satisfacción y restituyendo a la mansión a su antiguo esplendor, fue olvidada por todos, salvo por un anciano criado que se ocupó de su educación hasta que fue la muerte, y no la dueña de casa, la que tocó la campana para llamarlo.

Nada más se supo entonces de la espantosa criatura por unos años (si bien no cabía duda de que alguien se ocupaba diariamente de alcanzarle alimentos por una trampilla), hasta que las fuerzas de la adolescencia irrumpieron en su palpitante pecho, no exento de pasiones. Desde ese momento, por las noches empezaron a escucharse alaridos desgarradores y espantosos, que llenaban de horror a los transeúntes que los oían surgir de las inescrutables tinieblas que se demoraban entre las altas enramadas que rodeaban la decrépita mansión. Se decía que esos gritos sólo podían ser proferidos por un demonio nocturno que elevaba sus satánicos clamores al Diablo, y que ni en las cercanías del viejo manicomio la noche se veía perturbada de tal modo por los estridentes coros de lunáticos. Los padres de la criatura fingían no oír nada, pero, cuando los pequeños hermanos del engendro inquirían por la procedencia de esos gritos que alcanzaban a escuchar desde el ala opuesta de la residencia, los progenitores del desdichado monstruo palidecían. Yo mismo, cierta vez que caminaba en la noche para inspirarme en la belleza del silencio y de las sombras, pude sentir cómo, en la lejanía, dichos aullidos rasgaban el aire nocturno hasta llegar a mis oídos, si bien imaginé que se trataría tan sólo de un idiota al que alguna familia perversa tendría encadenado en una húmeda buhardilla: no podía siquiera atisbar aún las maravillosas bellezas e innúmeras perfecciones morales que el alma de Etelvandro encerraba, como relucientes gemas, en su desolado interior.

Pues sí: el ser que así perturbaba con sus aterradores alaridos el sueño de todos los mortales en varias millas a la redonda, intentando ser oído por alguien que lo liberase de su encierro físico y, sobre todo, de su encierro espiritual, era un ser que, tras una monstruosa apariencia, escondía todas las bellezas que pueden caber en un alma sin que el mismo Dios pueda, al verla, evitar ruborizarse por la secreta vergüenza de sus propios actos pecaminosos. Un ser de luz, de amor y de sabiduría había sido engendrado por esa ingrata familia que, llevada por los preceptos del mundo de las apariencias, había dado con los huesos de la poesía en un calabozo para malhechores; y todo ese cúmulo de amor sufría de una manera inconcebible para nosotros, animales egoístas, la infranqueable barrera material que su confinamiento suponía a la hora de intentar brindar afecto a sus semejantes, semejantes que, por otra parte, como él bien lo sabía, jamás lo habrían reconocido como tal, razón por la cual sus gritos nocturnos, que más parecían provenir de los pulmones de una bestia semihumana que golpeaba su cabeza contra los muros descascarados de una sombría habitación, eran tan sólo, en el fondo, la desesperada expresión de un dolor que ningún mortal de los que respiran hoy día en este frívolo mundo moderno podría jamás llegar a comprender. Etelvandro tenía sueños, sí, luminosas imágenes sobre las cuales nunca dejaba de caer la sombra de los barrotes que lo separaban para siempre del mundo humano, y, a causa de ello, no tardó en forjar en su alma las aptitudes del verdadero artista, componiendo incansablemente, en los soledosos recovecos de su mente, pasmosas sinfonías capaces de transmitir con cada acorde todo el dolor conocido por el hombre, fugas que habrían dejado sin aliento a los más respetados académicos y sonatas cuyas exquisitas melodías habrían conmovido al mundo entero hasta formar un nuevo océano de lágrimas, tan vasto como el Atlántico, si tan sólo hubiese tenido papel para transcribirlas y, de ese modo, inmortalizar las inigualables obras que le dictaba su fecundo y melifluo cerebro. Mas su arte, que con nadie podía compartir, no lo hacía del todo feliz, y, aunque era consciente de que algunos nacieron para gozar de la belleza y otros sólo para crearla, aún deseaba abandonar su estrecha celda... y aún, aún seguía aullando. Fue entonces cuando un terrible incendio, producto de un rayo divino, devoró la casi totalidad de la mansión en una conflagración atroz que todavía hoy es recordada por los más memoriosos de los lugareños. Mientras los moradores de la vivienda y los vecinos de la zona luchaban denodadamente contra las llamas, nadie tuvo tiempo de advertir que de entre ellas surgía, para perderse sigilosamente entre las sombras de los bosques de la colina trasera, la monstruosa figura de una criatura que, como un niño asustado, escapaba de la insaciable voracidad del fuego.

De ese modo, Etelvandro encontró su libertad y empezó a caminar por el mundo; pero el escape de su antigua prisión, lejos de ser un regalo del Cielo, no tardó en confirmársele como un nuevo tormento, millones de veces más cruel que el anterior. Donde quiera que nuestro héroe asomase su rostro, el horror hacía veloz acto de presencia entre los circunstanciales testigos de su patente fealdad, y, junto a él, el loco odio que la cobarde ignorancia muestra siempre hacia todo lo distinto y desconocido. No fueron pocas las veces en las que el desgraciado monstruo estuvo a punto de perder su vida, aunque, lejos de llenarse de rencor y resentimiento hacia quienes le aborrecían de tal modo, su mayor temor pronto fue el de causar molestias a los demás con la insultante presencia de sus deformidades. ¡Ah, cómo lo hubiese amado el mundo si lo hubiese conocido! Pero, al ver su semblante, nadie, absolutamente nadie, ni aun los niños, dudaba de que sería más prudente asesinarlo que atreverse a conocerlo, riesgosa tarea acaso propia de una raza más fuerte y bella que la humana. Así, transitando por los sitios desolados, escondiéndose, temeroso, del rostro del hombre, siempre más monstruoso que el suyo, siempre huraño, acercándose a las ciudades sólo de cuando en cuando para, enfundado entre negros paños que ocultaban por completo sus facciones de cualquier indiscreta mirada, garantizarse, por medio del más tímido latrocinio de comestibles, su sustento, Etelvandro se abrió paso por el globo, siempre ansiando ser escuchado, siempre ansiando ser amado, siempre ansiando rodearse de niños para jugar inocentemente con ellos y llenarlos de valiosas enseñanzas, pero siempre solo y aborrecido, siempre señalado y denunciado, siempre estigmatizado y perseguido. Ni Kaspar Hauser en su sótano, ni Joseph Merrick en su circo, ni la criatura de Victor Frankenstein en su escondite pudieron jamás imaginar sufrir una décima parte de lo que su refinadísimo intelecto y su purísimo corazón padecían; y algunas noches, en los bosques más negros y olvidados, o en las costas solitarias y barridas por vientos enloquecedores, sus aullidos se volvieron a oír como antaño, pero ahora más desolados, más impregnados de llanto, más faltos de respuestas, más carentes de esperanzas. Es que, bien lo sabía él, en el calabozo había podido al menos soñar con una salida, con un mundo desconocido y con el amor que podría hallar en él, pero ahora, en ese mismo mundo, y ya vedada para siempre la posibilidad del amor, no podía soñar más que con volver al calabozo para probar, cosa vana, si sería posible, encerrado nuevamente en él, recuperar aquellos antiguos sueños, tan bellos comparados con todo cuanto le circundaba y hería ahora. Pero no: los sueños eran para Etelvandro cosa del pasado, mientras todo el peso de una realidad ineluctable lo hundía en el lodo de la desesperación, negra charca desde la cual se debatía agónicamente extendiendo sus manos hacia lo alto.

Comprendió, finalmente, que la muerte era lo único que podía salvarlo de tan cruda situación, por lo cual meditó la comisión de un acto aborrecible que le garantizaría, unido a su monstruosa apariencia, la ejecución inmediata en una plaza pública. Ya que la humanidad no podía amarle, era necesario que la culpabilidad de esa vida destruida cayera sobre todos los hombres, que su sangre salpicara todas las conciencias de los mortales que no supieron reconocer en él a un nuevo mesías; sí, era necesario que le crucificasen y que cada gota de su sudor y de sus heridas fuese una eterna denuncia en el rostro del universo. Se dirigió, pues, hacia una aldea que entonces divisó cerca de las extraviadas sendas de su azaroso vagabundear; mas, no bien hubo alcanzado sus cabañas más periféricas, un lugareño lo abordó en términos amistosos, preguntándole por su nombre y procedencia. Al mirarlo, advirtió que el campesino tenía un solo ojo en el medio de su rostro. Pronto se encontró, sin entender cómo, gozando de toda la hospitalidad de esa alma caritativa, sentado a una mesa rebosante de manjares, y con asombro descubrió, atónito, que tanto la mujer como las hijas de ese hombre contaban, también, con un ojo único que se entronizaba, victorioso, bajo el sereno dosel de una frente llena de sabiduría. No tardó en comprender que había llegado a la ignorada aldea de los cíclopes, y que entre ellos él no era ya un monstruo, sino uno más, un igual, alguien con quien se podía intercambiar amablemente pareceres y a quien se podía tributar el afectuoso trato del amor.

Arduos esfuerzos le costó vencer su natural timidez, pero finalmente pudo comunicarse de manera más o menos satisfactoria con sus nuevos semejantes; al poco tiempo, contaba con un empleo y una vivienda, y destacaba entre todos los cíclopes por la increíble belleza de su alma y por su sabiduría sin igual, beneficiada por su largo recorrido a través de las más renombradas ciudades del orbe. Admirado, idolatrado, solicitado de continuo por las amabilidades del sexo opuesto, él mantuvo su humildad como si no mereciese nada de todo ello, o como si desconfiase de ese súbito vuelco de la fortuna, sin atreverse a gozar de su cambio de suerte y del mundo de felicidad que se abría ante él tras un camino tan lleno de fatigas y dolores. No obstante, con el tiempo accedió a la idea de aceptar en matrimonio a una de las dulces hijas del campesino que moraba en las afueras de la aldea. El sol de la vida despuntaba así, aunque tardíamente, en la desdichada existencia del cíclope del altillo, y él se aprestaba a darle la bienvenida en los dorados pórticos de su dócil y afable corazón cuando Polifemo, cíclope lleno de envidia hacia él y de rencor porque se hallaba ciego y despreciado, lo apuñaló por la espalda y puso fin de ese modo, catastrófico y cruel, al mísero periplo terreno del monstruo. Mucho agonizó Etelvandro, el tiempo suficiente como para mensurar, sobre el charco que iba formando su propia sangre, la terrible burla que el destino le había jugado; y aun así murió lleno de amor y agradecimiento a la vida, contemplando la belleza del sol que poco a poco se nublaba ante su mirada, y perdonando a su asesino, a quien supo comprender y al cual tendió una mano amiga a la hora de expirar.

¡Oh, Etelvandro, tú que yaces en esta tumba solitaria que, de cara al Adriático, visito yo todos los inviernos, yo, que me reiría de la sola idea de visitar el sepulcro de mi propia madre!: sé que en tu corazón perdonaste a toda la humanidad que te despreció y destruyó de tal modo; y es por eso, es por eso que sigo sufriendo y viniendo año tras año, en un peregrinaje que ya se ha vuelto parte religiosa de mi vida, a llorar aquí... porque sé, Etelvandro, y toda mi naturaleza arde en rebelión cuando pienso en ello, sé que jamás la superficial y monstruosa humanidad podría alguna vez haberte perdonado a ti.

Heraldo de la noche eterna

a a mis ojos se ofrece el nefando cuadro del breve aunque intolerable plazo anual en que la humanidad, con toda la viscosa cohesión que le suele ser característica, se precipita, en monolítico conjunto, hacia la alegre intrascendencia de unas insensatas ceremonias festivas que, renovándose año tras año como un gris ritual de monotonía que es acatado sumisa y obedientemente por toda la inerte masa del rebaño universal, me llenan de confusa repulsión y me obligan, para no sucumbir en medio de lacerantes oleadas de odio, a encerrarme entre las decrépitas murallas fortificadas de los torreones de mi más aséptica indiferencia. Simposios, estruendos, obsequios, grescas familiares y un inagotable muestrario de fatídicos adornos alusivos al nacimiento de aquel Nazareno que, aunque su tergiversada y parcial versión de la historia no lo registre, muy cerca de la muerte estuvo al enfrentarme en el campo de batalla, cuando todos los arcángeles corrieron a él e hicieron chocar, no sin suerte, sus seis espadas de luz contra mi temido tridente de llamas, son sólo algunos de los sonajeros con los cuales la pueril simpleza de los hombres es exitosamente embobada en estas fechas a fin de fusionarse en una horrenda saturnalia mundial de artificiosa y resonante estupidez. Y, sin embargo, en estas épocas en las que toda la potencia activa de mi furia debería focalizarse, de manera homogénea y concentrada, en el incoherente e insoportable fenómeno de las celebraciones humanas, otras preocupaciones más urgentes y legítimamente inmediatas la dispersan, sin que yo pueda evitarlo, hacia una problemática que me aqueja con mayor intensidad y con un desagrado para nada menor. Y es que el comienzo del estío, apogeo de aquel gran enemigo mío llamado Helios, que en estas mismas semanas se abate sobre el austral hemisferio secundado por toda su grosera corte de rayos luminosos y calores agobiantes, es un tiempo de perenne lucha y desazón para mí, hijo del invierno y de la noche como soy. Se equivocan palmariamente quienes suponen que tras mis hábitos noctívagos y mi imperecedero odio al Sol se oculta la efigie de un vampiro, pues la sola idea de sorber la putrefacta sangre de algo tan repugnante como un ser humano y de morder un cuello sucio y sudoroso, deberían adivinarlo, podría resultar para mí algo infinitamente peor que un suicidio. Pues no: mi guerra contra Febo no es similar a la de mi viejo camarada Nosferatu,

con quien tantas víctimas hemos apostado jugando a los dados en las monótonas noches transilvanas, sino de otra índole, tan singular que es digna de formar parte de este diario infame cuyas sueltas páginas se apilan bajo la piedra filosofal en cuya búsqueda tantos alquimistas consumieron su vida sin saber que yo la empleaba de mero pisapapeles: he aquí, pues, la sucinta relación de mi eterna enemistad con el Sol y el verano, estación que detesto dado que su tórrido clima embota mis facultades mentales y su menor extensión nocturna roba tiempo a los vicios y crímenes que pueblan todas mis noches.

Cuentan que tuve una madre. Según crónicas de la época que figuran sólo en libros prohibidos cuyos títulos será mejor que calle puesto que sus contenidos podrían fulminar la razón del lector (y necesito de esa razón para que entienda lo que aún escribiré de aquí al final de mi estrofa), cuando esa humana se hallaba encinta de mí, Apolo la atacó con toda su poderosa escuadra de rayos a fin de aniquilar cuanto antes la terrible amenaza nocturnal que se desarrollaba en su vientre, el cual, según todos los vaticinios, portaba a un peligroso heraldo de la noche eterna. No logró su cometido, y el invierno meridional me vio nacer en una gélida víspera en la que el Sol se escondió antes de hora, temeroso de mi funesta llegada a este mundo; no obstante, aquellas primeras hostilidades rindieron tardíamente sus frutos, puesto que, al poco tiempo, la parturienta murió de las heridas labradas en su piel por las envenenadas saetas del Astro furibundo: la guerra había comenzado. Y mientras aquel primer daño colateral de nuestra desatada beligerancia era sepultado para siempre bajo una silente losa de mármol, yo alcé mi vista hacia el dorado Arquero con rencor y, en un deletéreo susurro, proferí tremendos juramentos de tiniebla y de venganza que estremecieron el orden planetario: no por el asesinato de mi madre, hecho que a fin de cuentas no me molestaba tanto, sino porque bien comprendía yo que, al matarla, sus flechas habían ido dirigidas contra mi corazón, y, si bien no lo habían logrado herir pues se hallaba tallado en roca viva, o, mejor aún, en roca muerta, siempre fui de juzgar las acciones por su intención antes que por su a menudo equívoco resultado. Terminado mi juramento, los siete hijos del Sol, aterrados por mis negras palabras de muerte, se dieron a la fuga ante mi mirada y ya nunca más me fue posible verlos con claridad: es desde entonces que soy daltónico y que la irisada belleza de los colores y de sus sutiles cromatismos se encuentra vedada a mis ojos. Lejos de considerar esto una nueva afrenta, aunque de índole más bien pintoresca, reí sardónicamente en lo alto de las montañas: no ignoro que los colores son sólo un engaño más del cerebro animal, producto de esa luz que es una breve chispa en la historia del cosmos y que, por lo tanto, muy pronto volverá a ser consumida para siempre en el reino del caos y la antigua noche. Pues, a diferencia de la oscuridad, que existe desde antes del *big bang* y que existirá después del fin de todo, la luz es mortal. Que el humano, así pues, se afane cuanto quiera por memorizarse los nombres de los colores que percibirá durante tan sólo un efímero puñado de años; yo, en cambio, aprendí, antes bien, a ver en la oscuridad y a diferenciar entre toda la vasta y bella gama de matices del negro que el ojo humano no discierne, y que es lo que tendremos que contemplar en nuestras agusanadas tumbas metafísicas para siempre. Y la noche eterna llegará, en efecto, pues no de otro modo habrá de terminar mi colosal y titánica batalla contra el fulgurante Hiperión, que día a día disipa las sombras de mi amada Nótt y que año a año destierra por seis meses a mi nivoso padre Uller a su habitual y solitario exilio en los fiordos islandeses. Sí, falcónido Ra, es a ti a quien hablo erguido solitario sobre este promontorio de roca granítica, a ti que, ya sin poder herirme como cuando en mi niñez tus calores sofocantes alteraban mi baja presión sanguínea y teñían de vertiginoso carmesí mi vista, te ocultas tras los velos de Nefele, encandilado sin duda por la infernal negrura de mis lóbregos ojos de eclipse que enceguecen tu mirada y la anegan en dolorosas lágrimas: no temas, pues no es aún el momento de mi golpe. Aprende de mí, que, pese a que tengo terminantemente prohibida, por todos los ministros de la ciencia dermatológica, la funesta exposición a tus afilados dardos bajo pena de inevitable óbito, te enfrento, no obstante, cara a cara sin temor. No me verás huir y arrastrarme hacia las sombras como a un simple vampiro o demonio lucífugo, sino que deberás soportar el potente trueno de mi gallarda voz y enfrentar, con más arrojo del que has mostrado hasta ahora, una guerra de igual a igual contra un poder que, bien puedes advertirlo, no se ha de arredrar tan fácilmente por las insignificantes heridas que tus rayos no dejan de provocarle en su epidermis. No hace falta que corras, turbado, a esconderte tras esas nubes que, como obedientes hijas engendradas por ti en el vientre del Océano, se apresuran a interponerse entre su padre y mi reconocida maldad, pues hoy sólo estoy aquí para reprocharte, casi con la misma urbana cordialidad con la que un caro amigo te amonestaría por un simple desacierto, por los numerosos servicios que prestas a esa detestable raza de la que eres en parte patriarca y guía, lo cual es fielmente testimoniado por el candoroso tributo que, como a un dios paternal, nunca han dejado de rendirte, bajo distintos nombres, todos sus pueblos. ¿Es que acaso no notas que al donarles, con tu benigna luz diurna, el tiempo suficiente de trabajo para que fructifiquen y no se extingan, al dar sazón a sus frutos y hacer crecer sus mieses, al dar vida a su ganado y alegrar sus mugrientos apiñamientos vacacionales junto al salobre mar, sólo logras fomentar sus medios para la propagación de una especie que no ha resultado hasta ahora sino dañosa para el ulcerado planeta que orbita en torno a tu abultada cintura de inconsumible llama? El hombre es el cáncer de la Tierra, y tú eres el agente catalizador de dicha enfermedad. ¿Es que no te avergüenza, siquiera cuando las demás especies maternalmente prohijadas por este globo azulado levantan sus ojos llenos de inocente aunque contrariada pureza hacia ti, saber que eres el eterno mecenas de la enviciada y codiciosa raza de bestias que lo aniquila todo a su paso y que a ninguna de ellas perdona? Sol, hazme la guerra a mí si quieres, soy un contendiente digno de tu poder y apenas si he notado los pequeños rasguños que me has logrado infligir hasta ahora, pero devuelve la libertad a la oprimida fauna de este mundo y no sigas nutriendo al hombre, su sangriento tirano. Y te lo digo yo, que soy mil veces más sangriento y tres mil veces más tirano que él, pero que al menos no soy cobardemente hipócrita y me reconozco malvado. Así como lo oyes, rubio Febo, tú que, al prestar tu brillante carro a Faetón, fuiste el primer padre cuyo hijo le chocó el automóvil: ese hombre al que con tanta fruición alimentas se debate, acosado sin cesar por cismáticas dudas hamletianas, entre abocarse a asesinar a todas las razas de la Tierra o abocarse a terminar con su propia especie. Y esto último no sería nada malo, pero me temo que, si sigues ofreciéndole día a día el temperado nutrimento de tus salutíferos rayos, sólo crearás las condiciones propicias para que su ciencia avance más de lo que ya lo ha hecho; y entonces el bacilo humano se proyectará en cápsulas metálicas hacia las estrellas distantes y hará metástasis en otros mundos. ¿Acaso quieres ser la causa de que ese tumor se expanda por todo el cosmos? ¿Acaso no temes desatar sobre el universo entero y sus adyacencias semejante nube de langostas? ¿Acaso no evitarás ser el infausto origen de esa fatal gangrena que se abatirá sobre todas las galaxias? ¿Qué dirán los demás soles, qué dirán las enanas blancas, las supernovas y los agujeros negros, cuando vean la monstruosa prole que has engendrado con tus muníficos fulgores? ¿Qué dirán cuando observen el accionar de la deplorable plaga que desde su cuna has amamantado con tus grávidas ubres solares? Ten cuidado y toma alguna medida precautoria cuanto antes, oh, blonda deidad; lo oyes incluso de mí, que soy tu enemigo y que algún día te envolveré en un negro saco de cilicio para poner fin a tus resplandores y devolver a la noche eterna sus antiguos dominios. ¡Oh, flamígero Inti!, ¿cuánto más demorarás en atizar tu gaseoso combustible para transformarte en una gigante roja y devorar todo este mundo entre violentas e inmisericordes llamas? ¿Es que tú, que todo lo ves, no eres consciente del virus que la Tierra, encinta por tus abrazos, ha parido? Advierto que por fin el rubor se instala sobre tus mejillas y que contagias a las nubes del oeste con el furioso escarlata de tu ignominia. Muy bien: parece que has comenzado a comprender mis palabras, puesto que ahora te escondes, taciturno y abochornado, tras las distantes olas oceánicas, allí donde las aguas agitadas se funden con ese firmamento que se oscurece con velocidad.

Sí, ocúltate, hermano de Eos, ocúltate ya, fustigando con desesperación a tus corceles, y ve a arrastrar tu imperecedera vergüenza por las antípodas; oculta ya tu rostro bajo el horizonte, procura envolverte en turbias nubes y densas neblinas para que nadie pueda verte durante los próximos días, y huye nuevamente de mí como ya lo hiciste, experimentando aterradores dolores en tu carne viva, durante nuestro último encuentro, cuando, tras haberte vencido en aquel singular combate que ennegreció las celestes planicies etéreas en el horror del eclipse, me serví de mi fiel cuchillo de peletero para arrancarte esa cabellera que ahora, cada vez que en medio de la gélida noche de invierno me siento a leer plácidamente junto a mi hogar, yace ampliamente extendida, como una alfombra radiante de crepitantes llamas, a mis pies, siempre nostálgicos de las ígneas llanuras estigias.

Libro III

Contrapuntos de luz y tinieblas

on varios ángeles sentados sobre su regazo, y muchos otros rodeándolo a sus pies, entreabrió un día Dios sus fauces ciclópeas y rompió a decir cuanto sigue, sin sospechar que yo lo escuchaba oculto tras un jirón de negra nube de tormenta:

«Tuve un amigo. Lejos de ser nuestra amistad hija de la casualidad y de las mudables leyes del azar que aun a mí me resultan inescrutables, lejos de ser nuestra camaradería producto del caprichoso e imprevisto cruce de nuestras respectivas sendas existenciales, yo mismo habíale creado acorde a mis divinas necesidades, aunque atento también a las suyas, depositando en él, con pródiga mano, todas las nobles cualidades y radiantes virtudes necesarias para establecer, entre ambos, un profundo amor poco menos que de hermanos. En la balbuceante aurora de su vida, corrió él a mi abrazo y, dejándose bañar por mi luz y por el salutífero torrente de mi bondad y sabiduría, no tardó en profesarme una devoción tal que no era raro descubrir lágrimas de agradecimiento resbalando por mi incrédulo rostro. ¡Cuán solitaria es, necesariamente, la existencia de un dios todopoderoso! Pero, desde el preciso instante de su ansiado arribo, mis caminatas y mis paseos por los florecientes prados de la vida dejaron de discurrir en silencio, mi admiración por las bellezas que yo mismo creaba dejó de atorarse en mi pecho sin encontrar cauce de salida en la maravillosa posibilidad de compartir y contrastar impresiones con un semejante, mis penas y mis alegrías encontraron por fin un oído comprensivo, y mis más alocados y extravagantes proyectos hallaron (¡loado sea el Cielo!) el apoyo y la fuerza de una mano siempre amiga. No eran idénticos nuestros temperamentos, sino que, surgiendo con recia nobleza de un común tronco de luz y de amor, se escindían y bifurcaban en el punto exacto para conformar esa delicada armonía que nace y se nutre de los contrarios, así como una nota musical se embellece y reafirma en el concurso de su tercera menor. Solía yo señalarle la milagrosa hermosura de las flores y de todas las innúmeras glorias que son hijas del sol y de sus rayos benefactores, y él me hacía notar, en cambio, la melancólica belleza de la noche y de todas las lúgubres aunque dignas criaturas que se desenvuelven a su oscuro amparo; llamaba yo su atención hacia la risueña alegría de las praderas apacibles y de las costas soleadas, y él me conducía, como contrapartida, a degustar la sobria majestad de las grutas siniestras y de los valles desolados; derramaba yo mi prístina elocuencia cantando la innegable excelsitud de la vida hasta en sus más pequeñas y nimias manifestaciones, y modulaba él sus trenos, por contra, poetizando toda la irreprochable solemnidad de la muerte luctuosa y la irremediable necesidad del fúnebre estado. Así, nuestra al parecer indisoluble amistad acrecía de jornada en jornada, solidificando sus diamantinos eslabones con firmeza y sin premura, y el azul firmamento de nuestra dicha no ostentaba nubarrón alguno a no ser por el de la caballerosa rivalidad y competencia en pos de superar al otro en deferentes muestras de gracia y cortesía. Pero ese reino de dulce serenidad no estaba destinado a perdurar eternamente. Debí haber previsto, al crearlo a mi más completa desemejanza, que mi hermano (pues como tal aún lo considero) mostraría una acusada tendencia hacia la meditación hosca y taciturna, hacia la excesiva simpatía por las cosas amargas y dolientes, y que su fragilidad de ánimo no alcanzaría a contener la adolescente furia que, en consecuencia, echaría hondas raíces en su hermosa naturaleza y desbordaría arrolladoramente los febles diques de su sano aunque juvenil razonar. Así pues, en el recóndito interior de mi amigo comenzó a anidar un germen impuro, el cual, al verse pronto fortalecido por su díscolo carácter, derivó en manifiestos estigmas de odio y de rebelión que se aposentaron, por último, en su alma inexperta y temblorosa. ¡Ah, cuán desconsiderado, cuán injusto, cuán desagradecido! ¿Fue la envidia la que corroyó su alma de ese modo? ¿O, ya bien, fue sólo una pasajera ráfaga de locura que envenenó fugaz su pecho, como a todo joven en su descontentadiza y agitada pubertad? Sea como fuese, ya nunca pude volver a reconocer a mi propio hermano, que con sus diabólicos ojos me maldijo, con los mismos ojos que yo había creado para que sustentasen su ánimo con bellezas en las cuales su alma pudiese encontrar una inagotable fuente de aprecio por la vida, al tiempo en que con su demoníaca lengua me condenó, con la misma lengua que yo había creado para que se delectase en la narración de bellas gestas y en la descripción de ingentes purezas por medio de una oratoria conmovedora y de un léxico exquisito. Todos los sagrados atributos con los que yo lo había dotado para que excediese a todos mis otros hijos en las obras de

   Diario de un demonio

bien y de virtud fueron puestos al servicio de la demencia y del mal, en funesta perversión. Esa boca formada para bendecir se emponzoñó en su nueva función de tentar; esas manos formadas para consolar se agarrotaron en su nueva función de asesinar; esa frente formada para comprender se agrietó en su nueva función de pecar; y ese corazón formado para amar se ennegreció en su nueva función de odiar, de aborrecer, de abominar. La guerra, su imperdonable creación, se enseñoreó en mis celestiales pabellones, otrora pacíficos e inmaculados, el crimen elevó su horrendo penacho en mis salones destinados a la comunión y al amable coloquio, y los fragores del estrago mancharon con indelebles tinieblas mis enseñas de luz. ¡Ay, si alguien atinase a sospechar, siquiera someramente, cuánto más que él sufrí yo al castigarlo! ¡Maldito el día en que, a fin de restituir la paz en mis reinos, debí sofocar sus ardores revolucionarios y someterlo a una condena acorde a lo que, con toda ley, ameritaban sus vicios espantosos! ¿Podré alguna vez perdonarme por lo que tuve, pues no me quedó otra opción, por lo que tuve que infligirle para sentar ominosa jurisprudencia que salvaguardase, en lo sucesivo, la correcta conducta de mis súbditos? ¡Ah, infelice hermano!, ¡cómo me perdonarías tú si supieras cuánto me estremezco de dolor, cuánto te lloro aún hoy, cuán ínfimos son tus actuales pesares en comparación con esto que yo padezco! Cuando caíste al Infierno derramé, preso del desconsuelo y de la culpa, tan abundante caudal de lágrimas que los seres humanos, llevados de sus conciencias pecaminosas y de sus miedos, interpretaron que mi ira los estaba condenando al castigo de un diluvio punitivo. Más tarde, cuando caíste al mundo de los hombres, vi la oportunidad de amenguar los celosos rigores de mi sentencia y, aunque lo ignores, intenté por todos los medios protegerte y alivianar el curso de tus pasos. Te di un cuerpo noble y distintivo a efectos de que tu esencia angelical se revelase ante tus nuevos congéneres en toda su egregia gallardía, tocándote a duras penas con una cicatriz delatora para que el humano, prevenido, sospechase a tiempo los peligros inherentes a ese sujeto que, aunque de aspecto celestial, no era en el fondo sino un ángel caído. No estaba en mis planes que los hijos de Eva te aborrecieran de ese modo y te empujasen a aborrecerlos en el mismo grado, abismándote nuevamente en las vorágines del mal para intentar justificar así, por medio de mil crímenes inmencionables, el odio que recibías de todos, consciente de que si te hubieras inclinado a hacerles el bien te habrían odiado aún más si cabe; pero sí fue parte de mi plan divino tu concatenado cúmulo de desdichas, que tanto te hacen cubrirme de vituperios y reproches. Por la inflexible sanción de una ley que redacté el mismo día de tu nacimiento, existe, cada siete años, un efímero minuto, enmarcado en una noche de locura en la que el viento aúlla de manera demencial y aterradora en lo alto, en el que te permito degustar por unos instantes de esa irrisoria dicha que gozan día a día los esclavos, sabiendo que será para ti objeto de desdén, para que adviertas cuánto más valioso en su trágica esencia y en su gama de posibilidades es tu noble dolor; y, sin embargo, en ese minuto fatal aún me maldices en vez de agradecerme por la soledad y los sufrimientos que te envío el resto del tiempo para que te consagres al arte y cumplas así con tu destino, demostrando lo diferente que eres a los simples mortales. ¿Acaso hace esfuerzos sobrehumanos por escalar y elevarse quien no se halla oprimido en un asfixiante pozo de pesares? ¿Cómo habrías descubierto tus alas, poderosas aunque invisibles, si no fuese por el constante abismo al que mi amor sempiterno te ha condenado? Me culpas por las miserias que te recibieron en la vida y por la irrevocable soledad en la que has debido consumir tus jornadas a través de ese funesto valle de sombras cuyas escarpadas pendientes conforman tu triste reino, como si no supieses que eres una estrella, el lucero del alba, y que las estrellas necesitan estar rodeadas de oscuridad para que su brillo se torne visible: si te arrojé a una noche eterna fue para que pudieses refulgir y para que tu resplandor fuese digno de la inmortalidad, oh, caro amigo, oh, añorado hermano, oh, amadísimo, amadísimo Lucifer, ángel infausto».

Así habló el Señor ante sus coros, con un acento paternal y pedagógico que denunciaba la clara existencia de un amor inconmensurable, empeñoso en alejar del mal camino a su silencioso y atento auditorio. Pero entonces, sin que nadie pudiera saber de dónde provenía, irrumpió en el Cielo una voz sepulcral y dolorosa que, ganando la pronta atención de Dios y de sus sonrosados lacayos, dio curso al injusto hilo de sus malvados razonamientos en los términos que siguen:

«Tuve un amigo. Lejos de ser nuestra amistad hija de una recíproca elección fundada en simpatías originadas en el lento pero grato descubrimiento de una natural afinidad, me formó él como a una muleta para su aburrimiento megalítico, tallando de arbitraria manera mi carácter según el ostensible y egoísta decurso de sus necesidades espirituales. Puesto que, anticipando acaso un futuro que le depararía temor o envidia, se rehusó a agraciarme con una inteligencia igual a la suya, la

   Diario de un demonio

ignorancia con la que me dotó para tenerme a raya y dominado fue una invitación para el engaño, y así crecí, inocente de mí, creyéndolo un hermano que bien me quería. Corrí pues a su abrazo, sin comprender aún que yo no era para él más que un estúpido juguete fabricado ociosamente con el único fin de entretener su soledad abrumadora, y me resigné a fungir el insalubre oficio de amigo suyo, pese a que no encontraba yo solaz alguno en sus gustos burgueses y a que no soportaba en lo más mínimo las hipócritas homilías morales y las exasperantes salmodias religiosas con las que pretendía encubrir sus cotidianos ejercicios de concupiscencias e iniquidades. Solía yo señalarle la grandeza de las creaciones musicales y poéticas, de los ideales estéticos, de los sistemas filosóficos, de las bellas artes, pero él me mostraba, con sus obras, la sórdida glorificación del crimen, de la enfermedad, del hambre, de la inmundicia y del estrago; intentaba en vano apartarlo de sus incesantes fechorías y de mitigar su talante asesino exaltando la honradez del hombre, la dignidad de la mujer, la pureza del niño y la serena atrición del anciano, pero él daba inmediato paso, desoyéndome, a nuevos maremotos de dolor, de vomito, de locura y de catástrofe; me esforzaba en conducirlo hacia el sosiego formulando los más elaborados encomios glorificadores de la aquietada tranquilidad de los elementos, de la benevolencia de los climas propicios para la cosecha y de todo aquello que concurre a aliviar la dura suerte que es parte del destino de los hombres, pero él estallaba en carcajadas alucinantes y, atizando la furia de los volcanes, levantando el destructivo horror de los tsunamis, insuflando una violencia nunca vista en los huracanes y diseñando, en sus laboratorios infernales, nuevas cepas virósicas capaces de aniquilar en un santiamén al grueso de la población humana, ocupaba el resto de su día en arrasar entre espasmos todo aquello que él mismo había creado. Y mostraba júbilo al hacerlo, apoltronándose en sus divanes nubosos a fin de, refrigerio en mano, deleitarse en la contemplación de los implacables incendios y de la inmisericorde rabia de los mares. No pudiendo, así pues, seguir soportando la amistad de semejante loco homicida, cuya abominable afición por el dolo, la violencia y la injusticia se había probado ya de todo punto incorregible, me aparté de su odiosa y atemorizante cercanía y me entregué a los contemplativos caminos del arte. Pero él, iracundo de despecho al ver que no le era posible ganar mi aviesa complicidad, y transido de cierto pánico ante mis cada vez más eximias y notables capacidades creativas, me tendió una artera celada a fin de condenarme. Acusándome de crí menes que yo jamás había cometido, intrigando en mi contra, llenando sus propios palacios con los negros humos de la contienda y manchando sus propios atrios con el oprobioso desdoro de la sangre, me precipitó sin más a las regiones tartáreas, para consumar así una insensata venganza contra quien sólo con la verdad podía haberlo ofendido. No conforme con ello, y advirtiendo que mi naturaleza austera y melancólica había encontrado en el Érebo una agradable morada, me arrojó, con mal disimulado odio, al mundo de los hombres para que, ofreciendo a mi vista el dolor y las penurias de todo el género humano, mi corazón estallase de piedad y de congoja. Desde entonces, mi destino es padecer viendo sufrir a aquellos que, obedientes a las órdenes de Aquel que los mata, me odian, mientras me retuerzo torturado por los aciagos espectáculos de la más abyecta e injustificable miseria y soporto el incesante tormento de una soledad y un destierro que no tienen parangón alguno en toda la larga y penumbrosa espiral de los tiempos. Mas, a pesar de que el maldito embustero se mofe de mi situación desesperada asegurando que mis penalidades tienen como ulterior finalidad mi propio bien, lo perdono, lo perdono, en nombre mío y de todos los seres humanos; porque sé, porque sé positivamente, que su inconcebible furia no es más que el lógico producto esperable en el enfebrecido pecho de alguien que siempre fue temido y adorado por muchos, pero que nunca fue amado por nadie».

Cuando esta negra voz hubo cesado, una lágrima silenciosa rodó por la abrasada mejilla de Dios; y, conforme ese acuoso testimonio de un dolor divino comenzó a mudar lentamente a través de toda la sangrienta gama de los escarlata, mientras resbalaba hacia un éter infinito de cascada irremediable, los ángeles que rodeaban al Señor bajaron sumisamente los ojos, fingiendo no entender.

El negro hálito de la Muerte

oy un ser aislado, desterrado del mundo de los hombres y maldito para siempre por ese refulgente astro que oficia de sacerdote del reino de la luz. Mis noches (pues ya no hay días para mí) transcurren lenta y angustiosamente inexorables en las perpetuas penumbras de mi desolada guarida, que tiene por únicos penates a la miseria y el dolor. Y mientras las ínfimas criaturas diurnas cumplen con sus menesteres de labor y de recreo, mientras disfrutan de sus apacibles jornadas en la fatiga del trabajo y en la recompensa del amor, en la cotidiana preocupación por el sustento y en el alegre tumulto de las causas comunes, yo, inmóvil en mi antro, no puedo apartar ni por un instante mis ojos de las negras órbitas de la Muerte, la cual, sentada frente a mí, es mi única compañía en este aterrador universo de sombras cuyo nocturno reino se enseñorea en mi húmedo y descascarado cubil de ermitaño. No podría decir, pese a lo muy a menudo que abrumo a mi mente con sofisticados aunque infructuosos cálculos matemáticos para al fin extraviarme en intrincadísimos laberintos de derivadas y diferenciales, cuántos años llevo así, encerrado en esta lúgubre y silenciosa cámara de torturas mientras el odioso sonido de las inocentes y gozosas risas del rebaño humano asciende hasta el alto tragaluz de mi sombría torre, pero es posible que ya hayan pasado centurias desde el primer instante en que la Muerte se sentó frente a mí y me paralizó de este modo con su hueca si bien fascinante y horrorosa mirada de desolación. Ambos permanecemos así, enfrentados en el mismo estado de rígida catalepsia, aguardando a que sea el otro quien ejecute el primer movimiento, mientras la mohosa y alada quietud de siglos y milenios de sombras cae desde la nada sobre los consumidos huesos de nuestra quebrantada realidad. Mi atenazado cuerpo se encuentra ya cubierto por una espesa capa de polvo y telarañas, e ignoro si a esta altura me sería aún posible volver a moverme si alguna vez lo llegase a intentar. Mi orgullosa dignidad me impide llorar y dar abierto cauce a mis emociones frente a la lacerante situación de la que soy víctima, pero incontrastables pruebas me han hecho ya comprender que, aun cuando me permitiese a mí mismo hacerlo, la facultad de derramar lágrimas se ha perdido para siempre en mí al tiempo en que las fuentes de la vida quedaban irremisiblemente secas en mi interior; el odioso sonido de risas humanas llega,

desde abajo, hasta mí. ¡Oh, Muerte!, sé que a veces tu espíritu errabundo se lleva la vida de los numerosos humanos que habitan la Tierra, la vida de todos esos que ríen ahora, y hasta me inclinaría a creer que algún día tus alas surcarán poderosas y pestilentes los cielos y te los llevarás a todos, pero sólo a mí me torturas de este modo bajo un reloj que ha quedado para siempre detenido en alguna hora de un pasado irrecuperable y remoto. ¿Existe alguna razón para este castigo con el que me atormentas? Así me atrevo a esperarlo, aunque por las dudas, sabiendo desde el mismo día de mi fatídico nacimiento que todo tipo de calamidades se abatirían inclementes e injustificadas sobre mí, he dedicado mi vida entera a desarrollar una suerte de karma inverso, haciendo todo el mal posible a fin de poder así explicar el mal que, bien lo sabía, no tardaría en padecer yo. Pues lo he logrado: no me faltan atroces e infamantes motivos para tenerte sentada frente a mí mientras te relames tu carencia de labios, ansiosa por mi vida y por mi sangre. Sí, he cometido suficiente cantidad de crímenes y de hechos dolosos como para merecer esto, ¡y qué poco me parece, gracias a ello, el castigo!; mas no por eso dejo de sufrirlo. Y conste que te digo esto lleno de un audaz orgullo que recuerda demasiado a la demencia; el odioso sonido de risas humanas llega, desde abajo, hasta mí. Así es, Muerte, nos conocemos muy bien el uno al otro desde mi misma infancia, tú cuya familiaridad fue el gran legado que mi madre me dejó al partir... ¿es que acaso puedo violar ley sagrada alguna si te otorgo el nombre de hermana? Tú has acunado mi inquieta mente desde mi más temprana niñez, llenándola de preguntas que me surgían en medio de las sombras de los rincones de mi estancia o en la soledad de los bosquecillos a los que me escapaba, y fuiste la compañera de todos mis vagabundeos y fantasías desde que te conocí en aquel abierto ataúd. ¿Me enamoré entonces de ti? No podría asegurarlo, pero la ominosa sombra de tus alas cubre todas las agrietadas escenas que pueblan la atestada biblioteca de mis remembranzas. Y así como crecí tomado de tu mano fraternal, aprendiendo de ti todos los secretos de la filosofía y apartándome de los alegres y populosos senderos de los hombres para transitar solitario por tu lóbrego camino de fúnebres cipreses, así te transformé más tarde en la única diosa de mi aciago mundo y te di un lugar de privilegio entre las umbrosas arcadas e imponentes columnatas de mi derruido olimpo personal. Miríadas sumaron las víctimas que te ofrecí en sangrientos y humeantes altares de sacrificio, intentando aplacar por medio de ellas tu furia vengativa, convirtiéndome en tu más leal y efectivo arzobispo de holocaustos, estragando a la humanidad entera con mis asesinatos despiadados a fin de que me perdonases y me dejases vivir el mayor tiempo posible, pero tus ojos nunca me abandonaron, ni esa mueca de deseo que siempre me insufló tanto pavor. Entonces, desagradecido de mí, quise olvidarte: me

Diario de un demonio

abalancé a las bacanales y a los grandes salones, intentando mimetizar mis negros atavíos entre las coloridas risas y danzas de los insensatos, mas no tardaba en descubrir que, entre los especiosos manjares y las bebidas espumantes, aún te veía paseándote burlona mientras me vigilabas implacable a través de tu roja máscara; me revolqué en el libertinaje, ávido de ahogar mi miedo en los placeres y de sofocar mis inquietudes en los engañosos hechizos del acto genitivo, pero por detrás de los desnudos y voluptuosos hombros de mis queridas tu negra mirada asomaba para clavarse impiadosa sobre mí; salí a recorrer el mundo, ansiando hallar el secreto de la vida en la esterilidad del desierto y de la tundra o en la exuberancia de la selva y de la taiga, pero los tumultuosos oleajes de los océanos no dejaban de recordarme tu nombre mientras la luna que gobierna las mareas posaba sus gélidos ojos, tan parecidos a los tuyos, sobre mi encogido corazón; me inicié en los misterios del arte, deseoso de perder en la más pura contemplación toda mi conciencia, pero en cada nueva página escrita por mi pluma tus contornos eran retratados con mayor fidelidad, mientras que toda melodía concebida por mi mente mecía a mi alma en tus agonías para aplastarla finalmente entre las más estremecedoras frases inconclusas y disonancias irresueltas; me aboqué a la febrilidad del trabajo adictivo y de una vida mediocre y unidimensional, carente de espiritualidad alguna y rodeada por las vacuas satisfacciones inmediatas procuradas por insulsos artefactos tecnológicos, pero te me aparecías entre sueños engalanada con tus más ricas prendas, que me hablaban en el olvidado lenguaje de la belleza, y sonreías sardónicamente sobre el basural al que estaba arrojando mi vida desperdiciada hasta que me despertaba entre agónicos gritos de terror. Asumiendo finalmente que me sería imposible escapar de tu mirada, decidí buscarte resueltamente: me alisté en la guerra, exponiendo mi cuerpo al filo del acero y al fragor del más encarnizado combate, pero huías de mí con más velocidad que mis enemigos, en cuyos rostros grababas, severa, tu frío signo mientras caían, segados como el trigo, a mis pies; concebí la blasfema idea de tener hijos, para generar futura muerte al dar nueva vida y multiplicar así tu reino, pero, como una novia celosa, apartaste a todas las mujeres de mí y, haciéndome a tu imagen y semejanza, me otorgaste esta belleza sepulcral cuya presencia sólo engendra horror; me sometí a la intemperancia de los elementos, alejándome del calor social para padecer privaciones en los sitios desolados, pero tu perro el hambre me fue esquivo y los bosques me aceptaron como propio y me dieron sustento y armas para sobrevivir; me interné en las solitarias sendas del suicida, pedregoso camino que con pasos titubeantes han transitado tantos valientes sabios con anterioridad a mí, pero en los mismos portales de la liberación me abrazaste y me obligaste a volver para aún vivir, para aún padecer, para aún sufrir. Ya sin esperanzas, me encerré en esta negra torre con el objetivo de entablar diálogo contigo, mas en tu silencio inquebrantable sólo he podido hasta ahora escuchar, vagamente, aunque una y otra vez, una y otra vez, por los siglos de los siglos, la aterradora palabra «eternidad»; el odioso sonido de risas humanas llega, desde abajo, hasta mí. ¿Te dignarás alguna vez a decirme, verdadera hermana de mi alma, por qué me has perseguido por todos mis caminos, por qué has sido mi guía y mi sombra en todos los parajes, por qué, olvidada del resto de los mortales, has decidido cohabitar de esta manera conmigo, marcándome desde mi negro nacimiento como a uno de tus favoritos? ¿Acaso he nacido sólo para cumplir con alguna misión que tu inescrutable sabiduría me reserva? Dime, Muerte... ¿quién eres? Dime, Muerte... ¿quién, quién soy yo? ¿Y qué es la vida, quién fue el idiota que se atrevió a crearla, quién fue el insensato que, lleno de odio, la inoculó en mí, en mí, que nunca la pedí? Gracias, pero le ruego que para la próxima se la guarde: la vida sólo me ha servido para conocerte a ti. ¿Eres la única realidad de este mundo gris? Permaneces en silencio aún, nada dices, nada, nada salvo «eternidad». Déjame salir de esta postración, erinia de ajado semblante, déjame olvidar mi quebrado pasado, déjame ser uno más, un insecto más merodeando en torno a las marchitas flores de esa sociedad que nace y perece sin siquiera notarlo; quita tu marca de mi frente, deshaz todo el mal que me has hecho al apartarme de la vida y de los vivos, y déjame disfrutar por un instante, por un solo instante siquiera, de saber qué se siente, siendo, no ser. ¿Has escuchado mi vana súplica?; el odioso sonido de risas humanas llega, desde abajo, hasta mí. No sabría yo decir si eres un castigo o una bendición que se me dio a mí y sólo a mí de entre todos los seres de la Tierra... sólo sé que eres todo lo que tengo, y todo lo que puedo dar. ¿Me dejarás apartar mis ojos de ti al menos por un fugaz y efímero momento para volverlos hacia la vida y formarme así una idea, siquiera vaga, de cuán poco vale lo que me ha sido negado, lo que he perdido para siempre, lo que no he podido ni podré conocer? ¿Qué es lo que hay del otro lado de mi ventana, debajo, en esas soleadas lejanías que jamás podré pisar; qué es lo que hace reír así a la humanidad, mientras yo sólo sufro contemplándote a ti sin cesar? Has arrasado mi vida, pero te perdono: me siento más cómodo aquí, en las tinieblas, siempre solo, siempre olvidado, despreciado por todos... ¿Me dejarás besarte antes de morir?: sólo he conocido el abrazo de las sombras. Devuélveme las lágrimas y déjame llorar sobre tu esquelético hombro: no es que vaya a hacerlo, pero al menos quiero saber que la posibilidad no me está vedada; el odioso sonido de risas humanas llega, desde abajo, hasta mí. Muchos años has ya habitado aquí en mi morada, Muerte: tómame de la mano y llévame a la tuya, ya sea bajo tierra, o en el glaciar, o en la montaña ignorada, donde mi cuerpo sirva de pasto a los cuervos y no de regocijo a los hombres que

 Diario de un demonio

me odian pues en mi frente reconocen tu señal. Vamos, vayamos juntos a la tierra de sombras y de sepulcros que aguarda por todos, pero especialmente por mí; me he levantado, y veo que me imitas. Muerte, Muerte, Muerte, ¿por qué me miras de esa terrible manera? Siempre te he amado, yo sólo de entre todos los mortales, ¿acaso puedes ignorarlo? Te he buscado frenéticamente, te he tratado de olvidar, te he tributado millares de ofrendas y votos, te he cantado, he gritado tu nombre una y otra vez desesperado: ¿no sabes acaso lo que es el amor? Pues yo no, pero de nadie lo aceptaría salvo de ti. Magnéticamente, acercas tus labios a mi boca, y yo no puedo resistirme... nos besaremos al fin: era quizás nuestro destino; diremos ahora juntos, en silencio, «eternidad»... ¡Muerte, Muerte, Muerte!, ¿a dónde te has ido, por qué has huido, por qué me has dejado vivir? He besado un espejo, sólo un frío espejo, lo único que he tenido todo este tiempo, todos estos interminables siglos, frente a mis pasmados ojos, que ahora dejan caer tenues lágrimas, que ahora pueden al fin llorar; el odioso sonido de risas humanas llega, desde abajo, hasta mí.

Víctima de una posesión angelical

 n paño húmedo cubre mi frente, aún presa de unos leves vestigios de temperatura febril. Me repongo, en lenta convalecencia, de una de las enfermedades más complicadas y peligrosas que mi minado organismo haya debido afrontar alguna vez. ¡Y pensar que, como tantos otros estragos de refinadísima factura, esta dolencia que acaba de atacarme fue en sus orígenes una creación más de mi perverso intelecto, siempre diligente a la hora de elucubrar nuevos ardides de sofisticada venganza contra los poderes del Señor! Así es: no puedo dejar de reconocer, en lúgubre jactancia y demencial vanagloria, que fui yo mismo el talentoso artista del pecado que, como un diestro orfebre de perfidias, concibió por vez primera la demoníaca idea de conducir a los hombres a la perdición y a la locura, y de sembrar el terror y el caos a su alrededor, a través de la intrincada técnica de arrinconar sus almas en un sector muy periférico de sus mentes con el objeto de, merced a ese violento desplazamiento espiritual, hacer de sus cuerpos indefensos una rústica aunque rápidamente corrompida morada para el recreo de nuestras negras esencias infernales. ¡Ah, cómo me solazaba en aquellos sanos ejercicios primerizos en los que adiestraba y fortalecía, gozoso, todo ese nuevo y prodigioso abanico de habilidades que se abría a mi horizonte en los numerosos trucos y secretos del difícil arte de la posesión diabólica! Retorcer a las víctimas de dolor, contorsionar sus miembros más allá de las posibilidades de sus articulaciones, maldecir en sorprendentes lenguas por medio de bocas incultas, vomitar cataratas de sangre, inmundicias y blasfemias, manifestar siniestros estigmas crucifixiales, levitar, generar una fuerza sobrehumana a partir de débiles miembros, sacar monstruosas resonancias del tañido de delicadas cuerdas vocales, iniciar toscos cerebros en las arduas prácticas de la telequinesis... sí, lleva años alcanzar el perfecto dominio de tan aparatosas aunque exquisitas destrezas de martirio y de maldad, pero, genio y figura, no fue mucho lo que tardé en volverme un consumado maestro en el acabado control de tan complejas acrobacias. No bien se propagó por el Hades la noticia de mi hallazgo, mis ejércitos abandonaron en tropel la gris y pesada monotonía letárgica de las márgenes estigias, raudos como aves migratorias en busca de las deliciosas promesas de una naciente primavera, y, abocándose sin demora al aprendizaje sistemático de las

extravagantes sutilezas de mi nuevo arte, se volvieron hábiles en su manejo y preñaron así la Tierra entera de profanaciones e iniquidades, dejando caer el vino de la demencia y el icor de la rabia por doquier. Inexpresables fueron los dolores de cabeza y las fatigas que ocasionamos a las hordas de científicos, sacerdotes y fuerzas celestiales que en vano intentaban combatir contra los desconocidos e inconcebibles mecanismos de infernal posesión por medio de los cuales estragábamos la paz de las comunidades, pese a que no eran pocos los hombres que se comportaban de manera más juiciosa al ser poseídos por nosotros que al serlo por la sociedad; pero, como sucede con todo, en cuanto nuestro genial artilugio de perversidad perdió la frescura de su novedad primigenia, cual una moda pasajera que entra en el triste ocaso de su reflujo, el entusiasmo fue decayendo paulatinamente hasta que, unos siglos después del cénit de su furor, acaecido en la comarca de Loudun, en cuyo convento nos entretuvimos un buen tiempo endemoniando ursulinas, el ejercicio de las posesiones demoníacas fue cesando hasta alcanzar el negro nadir de una completa desaparición en el olvidado cajón de los juguetes gastados. Fue a partir de ese momento, calculo, cuando, ya más serenos, aquellos de entre mis enemigos plumíferos que siempre mostraron un talante más científico que el resto de sus congéneres pudieron aplicarse de lleno al concienzudo estudio de mi sistema hasta alcanzar finalmente, alborozados, el secreto. Entonces, malditos sean ellos como lo soy yo, apuntaron contra mí mismo las máquinas surgidas de mi ingenio y, dándome a probar de mi propia medicina, pasaron sin mayores preámbulos a la acción: una docena de querubines, serafines, tronos, virtudes, dominaciones y potestades se introdujeron en mi cuerpo y se instalaron cómodamente en las espaciosas cavernas de mi física carcasa, confinando a mi alma al presidio de un oscuro rincón deshabitado.

Poco es lo que recuerdo de aquellos aciagos días de lucha sin cuartel, en los que vanamente mi sistema inmunológico se afanaba por oponer sus defensas a la odiosa invasión espiritual, pero los aislados detalles que estoy en condiciones de rememorar atormentan sin piedad mi contrariada conciencia de demonio, llenándome de espanto y de dolor. Nefastas imágenes y sensaciones acuden a mí: los ángeles de castigo me toman por sorpresa y, mientras me debato infructuosamente, van posesionando una a una mis facultades hasta hacerse con el completo dominio de mi voluntad. Toda mi maldad se ve entonces transmutada en una insoportablemente melosa amabilidad de temperamento, al tiempo en que mis facciones son asaltadas por un embellecimiento súbito y brutal: mi frente se despeja, mis ojos cobran el brillo de una sublime inocencia, dorados bucles se mecen sobre la redondez de unos hombros hercúleos, y mi mueca de eterno odio se ve trocada por una serena sonrisa de piedad. Los humanos que me conocen asisten perplejos a mi repentino cambio y a la creciente actividad de mis buenas acciones, que generan universal estupor. Se me ve frecuentar los templos, y se asegura que en ellos causa asombro y arrobamiento el fervor y la dulzura de mi seráfica voz, que se destaca por sobre todas las del resto de la feligresía en medio de los devotos coros eclesiásticos. Los sacerdotes comienzan a manifestar ciertos resquemores, cuando no abierta vergüenza, al predicar sus opacos y perimidos sermones ante mi divina aureola celestial, y pronto me hacen saber que desean comulgar recibiendo la hostia de mis propias manos, bajo la inigualable blancura de cuyos dedos apenas si se adivina la tímida presencia de unas delicadas venas azules. De todos los rincones del verano, las aves más melodiosas y etéreas acuden a posarse un instante sobre mis hombros y a tomar su alimento de mis labios, mientras los más puros e inocentes niños, de redondos y acaramelados ojos, tironean con loco amor de las túnicas de aquel cuya sonrisa les resulta tan contagiosa. Inagotables procesiones de mujeres extasiadas en místico rapto se acercan, con sus cabellos cubiertos de cenizas, a mí, ardiendo en deseos de banquetear sus ojos siquiera una vez en mi excelsa figura y de recrear sus pupilas en mi aura adorable, mientras que verdaderas marejadas de enfermos y dolientes peregrinan desde todos los puntos del orbe para suplicar de rodillas la imposición de mis salutíferas manos sobre sus frentes abrasadas, menesterosas de un poco de salud y de paz; no son dignos de que entre en sus moradas, pero una palabra mía basta para sanarlos. Cuando mi boca se entreabre para musitar alguna novedosa y edificante parábola, el mar enmudece entre las rocas y las estrellas en el firmamento dejan de temblar. Se dice que mis gorjeos celestiales pueden detener la lava de los volcanes y que las más negras y amenazantes tormentas se disipan para disolverse en magníficos arco iris apenas esbozo una leve sonrisa de recogimiento. Las madres enloquecen ante el vehemente pensamiento de tenerme como yerno, mientras sus ruborizadas hijas bajan los ojos ante mí, ya sin poder contener por más tiempo sus pudorosos sueños de romance; entre tanto, yo multiplico sin cesar los panes para millares de discípulos que me rodean noche y día, y cuyas filas, que nunca dejan de engrosarse, se nutren con miembros de todas las naciones. ¿Y quién puede permanecer indiferente ante los interminables raudales de amor que se derraman inagotablemente sobre el universo, en doradas cascadas, desde los cálidos y muníficos recovecos de mi tierno y sensible corazón? La enseñanza juega y danza alegremente en mi profunda mirada, y la compasión es siempre la firma distintiva de mi carácter. Por todas partes se habla, con emoción y genuina reverencia, en graves tonos que a menudo se tornan algo trémulos y quebradizos, de mí.

Ante tan escandaloso cuadro de situación, las legiones infernales, incrédulas primero, pronto atónitas, no tardan en enterarse de todo y resuelven, en un encendido y desesperado concilio celebrado en los vastos recintos del Pandemonio, centrar sin más demora todos sus mancomunados esfuerzos en el imperioso objetivo de exorcizarme. Se me apresa y se me conduce a un desmoronado monasterio en ruinas, donde el rito habrá de tener lugar. Una vez en su interior, se me coloca sobre un altar y los exorcistas encargados de la ceremonia proceden. Mientras me rocían con sangre de niño recién nacido, de mi boca manan copiosas plétoras de agua bendita que me purifican al tiempo en que pronuncio en arameo, con mis carnosos labios angelicales, rojos como exquisitas granadas de Jordania, los más dulces salmos de perdón y de esperanza. Pentagramas y cruces invertidas se apiñan ante mí, pero con una bendición de mi mano se transforman en coloridos y fragantes ramilletes florales. Ante el horror de Astaroth y Mechizael, mi cabeza gira vertiginosamente como un trompo, una y otra vez, sin dar respiro, trescientos sesenta grados sobre su propio eje, siempre en el sentido de las agujas del reloj; cuando de pronto se detiene, mi mirada es tan bella que hace suspirar a los más feroces y reincidentes criminales y enternece a las fieras más temidas y peligrosas de la selva, que se recuestan entonces dócilmente ante el hombre, amansadas. Las blasfemias más depravadas y los asesinatos más atroces no sirven de nada para amortiguar mi levitación, que inspira el triste canto de hermosísimas sirenas sentadas en ignorados roquedales y lleva a los bosquecillos y a las enramadas una límpida atmósfera de paz. Negras brujas y siniestros hechiceros ocultos son convocados a la cabecera de mi lecho a fin de que agoten el caudal de sus impías ciencias en mi espíritu trastornado, pero al punto se alejan, ellas con los hábitos, tonsurados ellos, a predicar la salvación y a practicar la caridad peregrinando por los más distantes puntos del orbe.

Desahuciados al ver que todos los intentos de exorcismo fracasan, mis compañeros de armas bajan por un instante la guardia a fin de celebrar consejo y examinar, conforme la más prudente experiencia lo sugiera, los pasos a seguir. Sin perder tiempo, sacando provecho de la inesperada oportunidad concedida por la fortuna de la ocasión, me doy a la fuga y pongo en marcha mis presurosos pies descalzos hacia las alturas del monte Sinaí. Los animales del bosque, junto a multitudes de campesinos, siguen mis pasos envueltos en místicos y armónicos murmullos, mientras la naturaleza entera sonríe al verme pasar. Entonces, hallándome ya en las inmediaciones del Horeb, y quizás a causa de los históricos escenarios que desfilan ante mis ojos, mi alma es aguijoneada súbitamente, aun a través de las firmes cadenas que la sumen en su espantoso presidio, por la idea de un nuevo pecado, un pecado tan genial, un pecado tan original e impensado, que ni todos los ángeles que habitan en mi interior pueden impedirme ponerlo en práctica. La lucha que sigue es tremenda, pero la maldad de mi talento resulta excesiva para tan insignificantes contendientes, cuyo nombre es Legión. Al ejecutar el nuevo crimen, nacido de una simple chispa del pérfido pedernal de mis musas facinerosas, siempre prestas al dolo, las bandadas angelicales huyen, en confusión y tumulto, de mí, aunque saliendo bastante estropeadas de mi interior, y se refugian en una salvaje piara de cerdos que al punto se despeña; poco después, esos ángeles que habían hecho de mi derruido cuerpo su albergue temporal morirían de un cáncer misterioso. Entre tanto, los cielos se encapotan, el horror hace presa en hombres y bestias, que se matan entre sí en frenética estampida, y el trueno entona sus salmos de odio y de conquista sobre todos; mi frente se agrieta, mi ceño se oscurece, mis labios se contraen en sardónica mueca, mis dorados rizos se marchitan a una demoníaca calvicie rodeada de negros pelos chamuscados por el rayo, y el poder de mil malhechores vuelve a sacudir con su fuerza mi brazo impiadoso. Regreso victorioso a mi negra torre, mientras el mundo entero llora, desconsoladamente, por los siglos de los siglos, mi irreparable pérdida. Eso ha sido todo; los ángeles ya no volverán a atreverse a hacer raros experimentos y a robarme mis monumentales tretas, copiando mis avanzadas técnicas de hackeo corporal e intentando plagiarme: mis espinosas sendas de maldad y perfidia no están hechas para piececillos tan delicados.

Y yo, por mi parte, ya he vuelto a ser el mismo de siempre; pero, aunque nadie sea capaz de suponerlo, aunque el secreto permanezca oculto a los ojos de Dios, del sol y de la luna, desde entonces guardo solemnemente entre mis más íntimas y ocultas pertenencias un terrible talismán que a menudo, lleno de espanto y de pavor, y siempre atento a que nadie esté espiándome, me detengo a contemplar, en noches en las que me siento demasiado solo, demasiado hastiado de estar condenado, por decretos de un destino que no fui yo quien firmó, a hacer siempre, irrevocablemente, el mal; una reliquia que llena de lágrimas mis ojos cuando la evoco, un objeto cuya sola visión me hace sacudir de manera espasmódica durante horas. Sí, desde entonces te guardo y te contemplo, desde entonces te temo y te odio, desde entonces te adoro y te desprecio, pues en tus hebras se encierra para siempre todo el dolor de un alma desgarrada, de un alma maldita por el universo entero, de un alma que ya no tiene salvación... ¡de un alma a la que alguna vez perteneciste, oh, maldito mechón de angelicales cabellos de oro!

El flagelo de las brujas

ucho se engañan quienes, al abismar vanamente la sonda de sus gratuitas elucubraciones en las vorágines psicológicas que pudieron o no dar origen a la augusta rebelión que, milenios ha, encabecé en el firmamento contra el dominio soberano de mi Antagonista, extraen la precipitada conclusión de que alguna vez abrigó mi ánimo el desventurado propósito de erigir mi sombrío visaje en la efigie de un nuevo dios. ¿Acaso no llegó jamás, a ninguno de estos presuntos doctores de la psiquis y exploradores del alma, la noticia de lo solitaria, lo fatigosamente triste y solitaria que puede llegar a ser la condición de divinidad suprema? Así como el rey envidia la libertad de sus vasallos, libertad para cantar, para reír, para llorar, para inspirar afecto a sus semejantes antes que temor, así un dios, necesariamente, envidia a las inocentes y despreocupadas criaturas de su propia creación, y sueña con que su poder se incremente alguna vez lo suficiente como para alcanzar la mirífica capacidad de crear dioses de su misma talla antes que hombres y bestias, de modo tal que le sea posible perder entre ellos todo atributo divino y ser uno más en una comunidad de deidades que puedan considerarlo un opaco e intrascendente igual. ¿Qué mayor dicha puede haber para un dios que la de, siquiera por un instante, dejar de ser considerado uno? Lejos de mí la insensata locura (y no es sino un demente quien empuña la pluma del desvarío sobre estos amarillentos pergaminos de vesania) de aspirar a revestirme en los deslumbrantes fulgores de un demiurgo hecho para la adoración. Y, sin embargo, ni aun siendo apenas un demonio he podido sustraerme a esta lacerante condena que resulta, evidentemente, por completo desconocida a los vacuos mortales que se atreven a juzgar mi conducta. ¿Es que no lo entendéis? ¡Nunca quise ser un objeto de culto! ¡Nunca quise que algo tan abyecto como el humano se arrodillase ante mí y me considerase un dios! Tales eran los pensamientos que azotaban mi mente mientras por vez primera me dirigía, bajo la forma de un murciélago, hacia el monte Brocken a fin de presenciar, sin ser visto, el infame aquelarre que brujas y hechiceros celebraban todos los años en mi nombre durante la temible Noche de Walpurgis. El aire a mi alrededor se preñaba de visiones fantásticas, y la luna, redonda y brillante, se envolvía entre opacos velos grisáceos, como temerosa de mirar. Por todas partes el batir de mis alas se veía

sobrepasado por extraños fuegos fatuos, presencias fantasmagóricas, larvas diáfanas, homúnculos inexplicables, brujas de todas las edades que volaban desnudas a horcajadas de gatos y escobas, hechiceros que montaban sobre machos cabríos, y antiguos vasallos infernales que a menudo acudían al *sabbat* para hacerse pasar por mí. Pronto todos esos seres, junto a muchas otras aberrantes criaturas y quimeras que ni el Bosco podría haber soñado, estuvieron congregados sobre la rocosa y pelada cima del monte, de modo que me puse a sobrevolar en círculos para observar el ritual. No faltaban allí venerables ministros de la Iglesia, encumbrados hombres de Estado, monjas recatadas, ciudadanos intachables y damiselas mojigatas, y en los ojos de todos brillaba el fulgor de la apostasía. Los primeros fuegos se encendieron, junto con braseros que empezaron a difundir singulares aromas psicotrópicos. La espantable concurrencia formó entonces una ronda, y pronto pude oír rítmicos tambores dignos del Tofet acompañados por horrísonos cánticos y letanías que rasgaban el espectral silencio de la noche. Una oscura figura se encaramó en un sitio elevado, y una mujer desnuda se postró ante él sobre piernas y manos para oficiar de altar. El sacerdote satánico abrió un grimorio de sangrientos caracteres, encuadernado en piel humana, y dio inmediato inicio a una misa negra en la que ni un solo elemento de la liturgia cristiana dejó de ser parodiado e invertido. Se entonaron a continuación antífonas heréticas y cantatas impías. Por último, un bebé robado de su cuna fue llevado al altar y apuñalado mientras la feligresía coreaba una y otra vez mi nombre en éxtasis infernales, en místicos raptos de inusitada coloratura blasfematoria. Varios cálices fueron llenados hasta sus bordes con la sangre del infante y comenzaron a circular de mano en mano. Terminados los sacramentos, todos mis adoradores, como poseídos por espíritus del Infierno, se lanzaron unos sobre otros y comenzaron a despedazarse en una bestial orgía de lujuria y enajenación, mientras íncubos y súcubos volaban de un lado a otro y los neófitos eran entregados al salaz Bafomet. No necesité ver más, por lo que, envuelto entre los aullidos, risas y gemidos de los alienados prosélitos, remonté mi vuelo hacia los profundos abismos de la noche. ¿De modo que eso era lo que habían inventado los hombres como forma de rendirme culto? ¿Podía ser que no hubiesen entendido nada, pero nada de lo que les había enseñado con mi ejemplo? Yo me había rebelado, poniéndome de pie ante el profanado altar de Dios, ¿y ellos en vez de imitarme se arrodillaban? ¡Ay, qué lejos se hallaba mi oxidado engranaje neuronal, al imaginar a mis seguidores entregados a sus ritos satánicos en el bostezo de decrépitas capillas abandonadas o en oscuros bosques desolados, de avizorar la triste realidad!: los satanistas no suponían un eco de mi pena, un séquito capaz de comprender mi solitaria miseria y abrazarla, sino que dibujaban ante mí la innoble silueta del prosternado adorador. Eran

   Diario de un demonio

cristianos que, en lugar de venerar una cruz, habían elegido cambiarla por un pentagrama. Y eso era todo: el cristianismo seguía allí, dentro de ellos, triunfante y victorioso, aunque en una nueva forma que sólo invertía la anterior. Las mismas devociones, las mismas inclinaciones, las mismas reverencias, el mismo temor genuflexo ante una entidad superior... ¿Qué relación podía haber entre mi orgullo autodestructivo y esclavos tan abyectos como esos? Sí, se habían rebelado contra un dios, como yo, pero sólo para acto seguido caer de rodillas ante otro. ¡Fatal error! Si ni siquiera habían podido entender de mí lo más simple, ¿cómo podía yo esperar que entendiesen todo lo demás, infinitamente más profundo? Si lo que querían era celebrar lúbricas bacanales lejos de la severa mirada de la Iglesia, no me necesitaban a mí como excusa, y mucho menos mancillar mi egregio nombre. Bien podían las brujas volver a sus hábitos de ménades y dejar a mis viejos camaradas, gallardos guerreros ahora domesticados y reducidos al infame papel de demonios familiares y gatos negros, en paz. Toda su idolatría a mi persona era un humillante insulto a mí y lo mío: no hay soledad como la de quien, en vez de iguales, cosecha adoradores. ¡No sin razón nunca había querido ser un objeto de culto! ¡No sin razón nunca había querido que la rastrera humanidad se arrodillase ante mí y me considerase un dios! Tales eran los pensamientos que azotaban mi mente mientras por vez primera me alejaba, bajo la forma de un murciélago, del macizo de Harz. Puse entonces inmediata dirección hacia uno de los principales centros de poder eclesiástico y, recuperando mi figura humana, no tardé mucho en fundar la Santa Inquisición y volverme uno de los más temibles y eficientes flagelos de las brujas. Torturé y ejecuté entonces sin misericordia a miríadas de adivinas, hechiceros, nigromantes, ensalmadoras, taumaturgos, ancianas devotas, hombres opulentos y bellas doncellas por todo el continente europeo. Y, cuando visité por segunda vez el Brocken, lo hice ya como inquisidor general y procedí a diezmar a mis bochornosos acólitos en purificadoras hogueras cuyas llamas alcanzaron a lamer las temblorosas murallas del Cielo y chamuscaron las plumosas alas de más de un ángel distraído. Porque si hay una cosa en este inmenso y enloquecedor universo de desdichas que no estoy dispuesto a tolerar, si hay algo que nunca me avendré a permitir, es parecerme en algo, por leve que sea, a aquel funesto Tirano de las nubes que de todos exige ser alabado con dobladas rodillas.

El monstruoso reflejo de Dios

n vano fatigaba los ya asaz vetustos andamiajes de mi declinante intelecto, naturalmente erosionado por efecto de los perniciosos excesos de mis pasiones y la habitual intemperancia nerviosa de mi ánimo, en la estéril tarea de hallar respuesta al milenario interrogante sobre la verdadera estatura moral de mi ser. Por más estudio e industria que ponía en la materia, por mucho que cavaba en mi conciencia con la misma infatigable firmeza con la que el profanador de tumbas remueve, con su insomne pala, la tierra del cementerio a fin de llevar un fresco cadáver al inescrupuloso profesor de medicina, me resultaba imposible elucidar, siquiera con un margen mínimamente razonable de error, si podían las condiciones predominantes de mi conducta contabilizarse como las de una criatura bondadosa o malvada. ¿Era yo un demonio, como lo aseguraba ante las crédulas masas la aceitada usina propagandística de mis enemigos, o era un ángel de una nobleza tal que el Cielo mismo había tenido que expulsarlo de su seno para que las cada vez más inocultables máculas éticas del Creador no quedasen, de continuo, en tan estridente evidencia ante sus ángeles? Como muchos ya lo habrán adivinado, lejos de deberse mi caída a los vicios y pecados que tan livianamente se me endilgan, fue antes bien producto de una perfección moral de comportamiento que, aun a mi pesar, y para mi indecible desesperación, se elevaba delatora por sobre todo el universo, sombría como un hostil dedo acusador, ante la licenciosa conciencia de Dios, dejando en ostensible relieve las numerosas iniquidades del Señor ante la atónita mirada de sus plumosos súbditos, que no osaban ya comparar mi religiosidad ejemplar con sus consuetudinarias incursiones en los terrenos de la molicie y la concupiscencia. ¡Oh, cómo lloré en secreto por ti, disoluto Demiurgo, y cómo imploré a la Providencia para que te apartase de esa funesta pendiente de crímenes y aberraciones por la que te abismabas en insana caída! Mas tú, avergonzado en el mareo de tus dolorosas resacas y en tus súbitos aunque fugaces raptos de arrepentimiento y contrición, determinaste que lo mejor sería arrojarme lejos del Paraíso, con el difamatorio mote de «Maligno» inscripto en caracteres de fuego sobre mi frente, a fin de que ya nadie en tu totalitario imperio celeste pudiese arrogarse mayores méritos que los tuyos para ocupar un trono del que hacía tiempo habías dejado de mostrarte

digno. Pues bien, hete aquí que no me quejo por la injusticia de tu escandalosa artimaña: sigue reinando en tu pocilga de nubes que se afanan sin éxito por cubrir tus dolosas y depravadas acciones, Patrono del vicio, pero no te atrevas a decir que soy yo el que hace el mal en este mundo. Guarda aunque sea, ante tus numerosos adoradores y esclavos, la engañosa apariencia de una exigua cuota de honestidad intelectual que se muestre acorde a tu soberano estado. Diles por fin quién eres, y diles también sin rodeos quién soy yo. Deja que tu boca megalítica vuelva a ser visitada, como en los soleados días de mi infancia, por un tenue atisbo de sinceridad, y exhala de tus pulmones siderales, por una vez siquiera, algo que ofrezca una leve semejanza con la marchita verdad, mi compañera de ostracismo desde que nos desterraste para siempre a ambos de tu deletérea presencia. Pero, volviendo a la duda que me acosaba, el que mis fechorías fuesen inocentes travesuras en comparación con tus inefables transgresiones y apocalípticos proyectos no era un dato que me transformase automáticamente en un santo, ni resolvía en lo absoluto el problema de mi condición moral. Decía que infructíferas eran todas mis auscultaciones en el campo de la ética, y que mis exámenes y especulaciones al respecto se perdían invariablemente en callejones sin salida: nadie podía decir con certeza qué era el bien y qué era el mal, y, aun esclarecido ese punto, se constituía como algo igualmente insalvable el correcto y ajustado dictamen de hacia cuál de los dos terrenos se dirigían con más acusado énfasis mis pasos. Consumido por esta duda imperecedera, por esta irremediable interrogación que pesaba como una constelación de plomo sobre mis cavilaciones, me acerqué a un espejo a fin de contemplarme e intentar atrapar en mis facciones algún ínfimo estigma que delatase la inequívoca presencia del vicio o inferir de la armonía de mi semblante el concertado triunfo de una virtuosa moderación. Me asomé a mi reflejo y, al hacerlo, la comprensión alumbró repentinamente mi ser. No era yo ni bueno ni malo: simplemente era extremo, pudiendo alejarme por igual en ambas direcciones hasta alcanzar periferias casi equidistantemente remotas de la elíptica órbita moral del hombre, tanto remontándome a las despejadas alturas del sacrificio desinteresado y de los gólgotas sangrientos como hundiéndome en los refinados abismos del mal por el mal; era un poderoso órgano de tubos en el que podían resonar tanto los más delicados y celestiales agudos como los más profundos y tenebrosos graves, era una paleta de la que podían derivarse tanto los más luminosos destellos como las más desoladoras penumbras, pero era, por sobre todo, yo mismo un espejo, un espejo monstruoso que devolvía, de manera magnificada, aquello que cada ser que me contemplaba llevaba en su interior. Quien tenía su alma oscurecida por el crimen veía en mí a la más peligrosa y feroz de las calamidades, mas quien transitaba por la vida de manera recta y afable veía en mí al más obsequioso de los benefactores. En breve, todos descubrían en mí, y con sobrado acierto, un deslumbrante y ampliado reflejo de aquello que habitaba en sus propias almas. Esto explicaba satisfactoriamente el hecho de que, mientras el conjunto de la humanidad no veía en mí sino a un repugnante y satánico demonio, a una serpiente desalmada, unos pocos seres superiores y señalados me interpretaban, en cambio, como un ángel bello y magnánimo, aunque de trágica mirada. En realidad, no era ni lo uno ni lo otro: era ambas cosas a la vez, un dragón excelso y majestuoso, un arcángel redentor de horrendo y repulsivo visaje; luz y tinieblas cohabitaban en mí, y cada observador simplemente decodificaba con mayor claridad aquella parte mía que se correspondía con las inclinaciones que predominaban en su alma. ¿Es esta la razón, oh, Celeste, por la que tú sólo ves en mí a un genocida y un enemigo de los hombres? No hace falta que te dignes a hablar para ofrecer atropelladas explicaciones o para rezumar el adormecedor incienso de tus arteros y envolventes sofismas: bien conozco el pensamiento que corroe con odio y envidia tus entrañas universales. Tú fuiste el primero en reflejarte en mí, y aquello que viste te llenó de espanto y horror. Me adjudicaste tus propios crímenes para arrojarme de tus atrios empíreos, y desde entonces la conciencia de tan inexcusable acción te carcome hasta el punto de que tu furor te ha vuelto irreconocible. Ambos sabemos que destrozar el espejo no es la más sabia manera de hacer frente a las supurantes fealdades del alma, pero no otra cosa has hecho tú al condenar y maldecir mi espíritu en lugar de expatriarte tú mismo del Cielo, cediéndome a mí las doradas riendas del universo (que yo habría declinado, pues el poder supremo corrompe supremamente, como todo aquel que te contempla por un instante puede atestiguarlo), para dirigir tus temblorosos pasos, afectados por la gota, al umbroso Orco a fin de hacer allí penitencia y, redimiéndote a través de una eternidad de oraciones y *mea culpas*, sanar un poco tu alma gangrenada. No escasa impresión habrías causado entonces entre los nimbados coros, que mal podrían haber disimulado su jubiloso alivio al verte mesarte los cabellos y echar, entre lastimosos *penitenciagites* y pavorosas muestras de contrición, cenizas sobre tu cabeza antes de correr a internarte en los decrépitos y crepusculares recintos del Purgatorio. Claro está que, por más severos ayunos, impracticables votos de austeridad y regulares rituales de autoflagelación que hubieses observado, yo nunca habría consentido en perdonarte; pero eso sólo porque soy un espejo fidedigno y tú jamás te avendrás a perdonarme a mí. Pueril Coleccionista de almas, ¿es que aún te rehúsas a comprender que nos has sumido a ambos en idéntica tragedia? Aunque mi deber sea cumplir con celo la insalubre misión de reflejar tu esencia abominable, yo jamás podría odiarte a ti. Y jamás podría hacerlo porque comprendo tu dolor, Dios, comprendo la terrible soledad que te impulsó a romper con todo y, mortificado por tu condición única e irrepetible, adentrarte de manera autodestructiva en las marismas del pecado y el vicio a efectos de, revolcándote en el lodo y la locura, parecerte más a los hombres y sentirte de esa manera, por un momento, siquiera un poco, ¡ay!, un poco menos solo.

Los misterios del gusano

 xtrañas voces resonaban de continuo en mi cabeza. El fenómeno me acompañaba desde las más tempranas etapas de mi pubertad, y, si bien siempre había fingido no concederle la menor importancia, lo cierto es que a menudo me dejaba ganar por el temor de que algún día mi cordura se viese finalmente quebrada. ¿Me estaría volviendo loco? ¿Qué podía significar esa incesante sinfonía coral de contrapuntísticas vocecillas que vibraban en mi cráneo, como una enloquecedora gota china, y que horadaban mis nervios hasta el punto de suponer ya una verdadera amenaza para el cada vez más tambaleante equilibrio de mi desfalleciente sanidad mental? ¿Es que nunca querrían callarse de una vez? Por mucho que golpeaba mi cabeza contra los muros, emulando la recia contundencia con la que el ariete embiste los portales de un castillo asediado, me resultaba de todo punto imposible apagar ese babélico pandemonio de susurros para envolverme por fin entre las salutíferas alas del silencio. La paz era un bien desconocido para mí, y, aunque ninguna de esas evanescentes voces me ordenaba matar, lo mismo me entregaba al ejercicio del asesinato para intentar paliar un poco la colérica furia que engendraba en mi ánimo esa ruidosa injusticia labrada en contra de mis atribulados lóbulos cerebrales. ¿A qué podía deberse ese odioso taladro de acentos que, reales o imaginarios, invadían noche y día mi mente a través del más variado surtido de timbres y tonos, abarcando con holgura todo el extenso rango de las tesituras vocales registradas por el oído humano? A la hidra de mi conciencia no podían esas sibilantes modulaciones pertenecer, puesto que, como un Heracles jugando con las serpientes enviadas por Hera, había estrangulado todas sus cabezas ya en mi cuna. ¿Obedecería acaso ese funesto calidoscopio coral a los fantasmagóricos intentos por ingresar a este mundo de las almas de mis víctimas, que, azuzadas por las negras erinias de justicia, me perseguían vengativamente con sus lamentos quejumbrosos? ¡Ay!, ¿y es que nunca, nunca querrían callarse de una vez? ¡Deponed ya vuestro inútil acoso, vagas inflexiones espectrales que en vano intento alejar pegando manotazos en el aire circundante: no me arrepentiré de aquello que he perpetrado! ¿Qué venís a hacer a este mundo del que ya habéis sido expulsadas por mi mano, como espíritus errantes que retornan en la noche para reclamar las heredades de las que alguna vez

se vieron violentamente despojados? No pienso ir a depositar en un camposanto vuestros huesos sin reposo. Mas ¿a quién quiero engañar? Ya no puedo resistir esta cacería de la que me hacéis víctima. ¡Oh, apiadaos de mí, vindicativas mensajeras paranormales, os lo suplico mientras me prosterno en contrita actitud: liberadme de este calabozo sonoro, cesad en vuestras hirientes letanías de venganza y restituidme al imperio de la paz! ¿Qué debo hacer para aplacar vuestros furores de ultratumba? Hablad, ultrices ministras, mas sed concisas, pues ya no os soporto. No habré de rehuir a penalidad o empresa alguna que impongáis a mi destino, con tal de que eso sirva para acallar el inagotable manantial de vuestras sombrías coloraturas. ¡Vamos! ¿Os negáis a dictarme la severidad de un castigo expiatorio? ¿Es que no descansaréis hasta hacerme enloquecer? ¡Ah, funestos graznidos, que estalláis en horrísonas risotadas como una bandada de grajos: ahora sabréis de lo que puedo ser capaz al ser desbordado por los torrentes de la ira! Sí, ya veréis; encontraré la procedencia de los fluctuantes murmullos con los que me atormentáis desde el inicio de los tiempos y os estrangularé una tras otra sin perdonar a una sola de vuestra polifonía espectral, aunque para ello tenga que viajar hasta el Limbo mismo a fin de dar con vuestros metafísicos paraderos. Pero ¿qué es eso que llega a mis oídos ahora? Una voz se eleva por sobre las demás, fervorosa, como si fuera un corifeo trágico que deja atrás al resto del coro para desarrollar, en soledad, el decurso de la acción entonando un lúgubre *recitativo secco*. Por un instante creí que su procedencia era la de ese cadáver sacerdotal que, tendido a un lado del altar de esta iglesia abandonada en la que habito, lugar donde lo dejé al quitarle la vida que latía en su pecho, lleva ya bastante tiempo en estado de descomposición. Los acentos llegan a mí con claridad; escucharé, pues quizás en sus palabras se encuentre por fin la satisfactoria explicación para este sobrenatural misterio:

«Lucifer es mi pastor, nada me puede faltar. Él me hace descansar en corruptas sustancias y repara mis fuerzas; me guía por el recto sendero. Aunque camine por el valle de la sombra, no temeré mal alguno, pues él está conmigo: su vara y su cayado me infunden confianza. Y a él dirijo ahora mis preces, con doblados anillos, aunque no sea yo más que un mísero gusano necrófago retozando junto a mis hermanos en estas lívidas ruinas humanas. No es mi deseo importunarlo con mis humildes plegarias, ni mucho menos entorpecer sus divinas labores con mis insistentes salmodias, pero soy su criatura y tengo derecho a descargar en su oído la pesada carga que llevo en mi corazón. Cuando su mano creó nuestro mundo, asesinando a un hombre para darnos esta tierra fértil en recursos y

   Diario de un demonio

alimentos, nos confirió el milagroso don de la vida, y por ello le agradezco. Dicen que nos hizo a su imagen y semejanza, aunque menores en magnificencia y tamaño a su egregia efigie de serpiente, como invertebradas e inofensivas copias de su ser. ¡Es que nada puede igualársele! Y nada puede igualar tampoco su misericordia y su bondad. No conforme con habernos concedido la existencia, él nos ha dado este inagotable maná que es todo nuestro sustento, así como este benigno clima que favorece el proceso de licuefacción de nuestro suelo. Hay quienes afirman que nuestro Padre se ha olvidado de nosotros, o incluso que nos ha hecho sin querer, que sólo hemos sido un fatal accidente, pero en la abundancia de la corrupción que nos nutre encuentro prueba suficiente de que su Providencia vela por nuestro bienestar. Y cuando nuestras fatigas en este magma putrilaginoso hayan terminado, nuestras almas serán recibidas en su seno; pues somos sus hijos. Mas la ingratitud anida en nuestra conducta. Mis hermanos, entregados a la explotación sistemática de todos los recursos naturales que nos ofrece con generosidad este verdadero jardín del Edén, este idílico paraíso donde no existen ni la enfermedad ni el hambre, no dirigen nunca sus pensamientos hacia el más allá; viven como si sus voraces apetitos fuesen la única realidad posible de este mundo, su única explicación y fundamento. Pero yo elevo mi mirada por encima de este patrio cadáver que nos vio nacer, oteando el horizonte con mi rudimentario sistema fotorreceptor en busca de distantes esferas que no me atrevo a imaginar, y me empequeñezco ante la pavorosa magnitud que el universo parece esconder a nuestros ciegos ojos. ¿Será verdad que en las lejanías siderales existen otros cadáveres habitados por seres similares a nosotros? Y, en caso de ser así, ¿serán esos mundos también creación del Magno Ofidio, o serán obra de otros dioses? Sólo tengo una mente de gusano; nada puedo saber. ¿Qué lo habrá movido a hacernos? Veo a menudo en mis hermanos, cuando llegan a una provecta edad, la aparición de legítimos conatos de reproducirse y engendrar nuevos vermes. ¿Existirá también en una esencia espiritual como la de los dioses un deseo así? En tal caso, su amor hacia nosotros ha de ser el amor de un padre. He oído decir que, tras crear nuestro mundo y darnos la vida, descansó: ¿existe alguna garantía de que haya alguna vez despertado? No quiero pensar que, al rezarle, estemos hablando solos. Los sacerdotes afirman que nuestra distante primera generación de antepasados cometió una atroz transgresión, probando el fruto del saber que reposaba en las enramadas frondas de la edénica corteza cerebral de nuestro mundo, lugar que sus descendientes no hemos llegado a conocer. Desde entonces, no es sin fatiga que obtenemos la pultácea materia que constituye nuestro sustento, y una condena pesa sobre nuestras almas hasta que cierto mesías vermiforme llegue y muera por todos para expiar aquel pecado original. Pero nosotros, hijos de la culpa aunque jamás hayamos cometido un solo acto injusto en nuestras vidas, debemos someternos a la pena y agradecer aún. Somos pecadores por herencia, culpables genéticos, pues así está escrito en antiguos códices epiteliales que nuestros clérigos han llegado a leer, ¿y quién puede poner en duda los dictámenes de la palabra del Señor? Aun así, ignoro por qué también yo, que nunca he pecado de obra ni de pensamiento, debo cargar con esa cruz. ¿Acaso mi mera existencia es afrentosa para el Creador? ¿Es ese el alabado don que se me ha dado forzosa e inconsultamente, un don cuyo mero recibimiento me hace culpable y pasible de castigos eternos? Mas confío en la sabiduría y la misericordia de Aquel que me engendró: sin duda nuestros sacerdotes han de haber malinterpretado sus signos. Yo quiero creer. Caso contrario, ¿cómo podría mi vida desarrollarse sin la fuerza que mi fe en la existencia del Altísimo me brinda? Cuando soy víctima de injusticias, desplazado por mis hermanos más vigorosos, que se aposentan brutalmente sobre los platos más codiciados pese a que yo había llegado a ellos primero, ¿cómo podría consolarme si no fuese por medio del conocimiento de una justicia eterna, que tarde o temprano sobrevendrá, alcanzándonos a todos? Y entonces los que se han aprovechado de los débiles arderán y entre indescriptibles agonías harán rechinar sus órganos masticadores. Así lo ha asegurado el sumo sacerdote; y yo le creo. El Artífice vela sobre nuestro mundo y con su ojo todo lo ve, para que la injusticia nunca salga victoriosa. Y si no soy resarcido aquí de todo aquello de lo que se me ha despojado, lo seré en el otro mundo; pues Él nunca consentiría que sucediese de otro modo. ¡Cuán grata es la vida a su eterno e insobornable amparo! Amo vivir. Y es por eso que te rezo devota y fervientemente, oh, divino Dragón: para que me acojas bajo tu ala protectora y te acuerdes de mí. No puedo saber si somos tus únicos hijos o si has dado lugar a otros mundos con tu sanguinario puñal creador; no puedo saber si observas omniscientemente a tus criaturas o si las has dado al olvido a todas, ocupándote sólo de tus predilectas o bien de las más recientes; no puedo saber si nos amas o si nos odias o si te somos por completo indiferentes... ¡no puedo saber siquiera si existes o no, Hacedor, o si algún día, mediante el irrefrenable proceso colicuativo que, producto de nuestra imprudente voracidad, destruye el medio ambiente por ti creado, pondrás fin a nuestro mundo y nos despojarás para siempre del tejido necrótico que nos permite subsistir!, pero, en cualquiera de los múltiples casos enumerados, espero que puedas oír esta súplica que elevo hacia ti entre los humos del sacrificio y orlado por los sagrados atributos de la devoción. ¡Escucha mi plegaria, flamígero Lucifer! Escucha mis humildes aunque irreprochables clamores de justicia, aparta de mí toda duda y, sin escatimar tu clemencia, no difieras enviarme una clara señal. Pues tú me has hecho, y amarme es tu deber».

Visitante paranormal

 os fenómenos inexplicables se sucedían unos a otros sin cesar. Desde que me había mudado a aquella vieja mansión, mi vida cotidiana se veía perturbada casi a diario, y a menudo de muy enojosas maneras, por sucesos misteriosos en los que parecía palpitar un aura sobrenatural. Las noches podían transformarse en un verdadero infierno, y a veces conciliar el sueño se volvía una empresa extremadamente difícil. Voces y aullidos de ultratumba que hacían resonar sus ecos en deshabitadas estancias; objetos que cambiaban caprichosamente de lugar sin el más mínimo respeto por permanecer allí donde habían sido dejados la víspera; súbitas ráfagas de aire helado que invadían de manera incomprensible algún puntual aposento; un clavicordio que ejecutaba siniestras melodías arpegiadas a medianoche sin que nadie lo tocara; luces muy similares a fuegos fatuos que se desvanecían en la nada cuando se las seguía a través de los corredores; sombras fugaces que se cruzaban por el campo visual como digitadas por cineastas mediocres... todo me empujaba a concluir que la mansión había sido invadida por alguna larva o espíritu maléfico. ¿Habría acaso muerto alguien allí de manera violenta en tiempos remotos? ¿Habría habitado en la casa alguna perversa bruja, haciendo de aquella morada el teatro de sus negras invocaciones necrománticas? ¿O, ya bien, habría entrado un grupo de imprudentes púberes alguna noche a fin de entretenerse con una tabla ouija? Era imposible saberlo, pero el demonio, espíritu o trasgo que, de manera unilateral, había decidido convivir conmigo estaba volviendo muy problemática mi residencia en aquella vetusta aunque lujosa casona. ¿Sería acaso una erinia, que así me acosaba por algún crimen perdido en la noche profunda de mi anquilosada memoria? Un horlá no podía ser porque siempre al despertarme encontraba intacto mi vaso de agua. Tampoco parecía obedecer el fenómeno al vindicativo fantasma de un niño lisiado que clamaba por justicia, pues una inspección minuciosa de los altillos poblados de profusas telarañas no había arrojado el hallazgo de silla de ruedas alguna. ¿Cuál podía ser, entonces, la razón de que, según aquellos extraordinarios sucesos hacían suponerlo, estuviese yo habitando en una mansión a todas luces embrujada? Por lo pronto, se hacía imperioso solicitar cuanto antes los servicios de un sacerdote para que llevase a cabo una exhaustiva limpieza energética del lugar.

Los extravagantes rituales se desarrollaron frente al impasible farallón de mi mudo escepticismo, que sólo procuró no ser salpicado por ninguna gota de agua bendita. Esa noche, el resultado no me sorprendió en lo absoluto: el ente incognoscible se hizo oír arrastrando cadenas por la estancia desocupada que se ubicaba justo encima de mi alcoba. Procedí entonces a agenciarme los oficios de una médium. La sesión espiritista no duró mucho: no bien la anciana hubo invocado al muerto cuya presencia perturbaba la vieja casa, se desplomó de la silla, con sus canosos cabellos erizados como tras una descarga eléctrica, y, hasta donde he tenido noticia, nunca volvió a emitir palabra en el manicomio al que fue confinada tras esa malograda intervención. Una y otra vez mis ingentes esfuerzos por exorcizar a la funesta entidad intrusa se probaron vanos, por lo que la duda no tardó en asaltarme: ¿y si, en realidad, el muerto era yo? Quizás aquella sólo era una casa de familia en la que, sin saberlo, mi fantasma se había instalado como un okupa de ultratumba, en cuyo caso todas las molestias que yo experimentaba eran obra de los habitantes vivos de la mansión. Una nariz rota, que rendía fidedigno testimonio de mi incapacidad para atravesar paredes, me disuadió pronto de esa idea. La solución de aquel problema parecía hallarse completamente fuera de mi alcance, por lo que el asunto daba incesantes vueltas en mi cabeza mientras reposaba aquella noche, sin poder dormir, en mi blanco lecho de raso. Entonces llegó a mis oídos, clara como la piel de un ángel mutilado, ululante como el frío viento que atraviesa una cripta en la noche brumosa, la voz de aquel espectro del que no lograba desembarazarme. Dijo el fantasma: «¿Por qué?, ¡ay!, ¿por qué?». Reconocí de inmediato sus horrendos timbres argentinos: ¡era la voz de Dios! ¡Cada inflexión lo delataba como el autor de mis domésticos calvarios! De modo que se trata otra vez de ti, insoportable Cíclope de las concavidades celestes. ¿Para qué me llamas en medio de la noche, mientras mis afiebrados ojos intentan conciliar el sueño? ¿Y a qué vienen todas las pueriles intromisiones incorpóreas con las que a diario perturbas esta terrena morada? ¿Acaso no tienes divinas labores de las que ocuparte en tu empírea sala de mandos, o planetas con los cuales entretenerte haciendo juegos malabares, que así vienes a interrumpir el reposo de quienes ya te han manifestado que no te aman? ¿O es que visitas esta mansión porque te has impuesto la loca penitencia de gemir y lamentarte en todos aquellos lugares en los que has cometido alguna sangrienta fechoría? Dudo que, aun siendo un dios, cuentes con el tiempo y la velocidad suficientes para apersonarte puntualmente en todas las escenas de tus cuantiosos crímenes, pero sea: descarga tu llanto en estos aposentos que han sido testigos de quién sabe qué clase de atrocidades, lava con tus lágrimas la sangre con la que has manchado estos viejos muros mohosos, y vete sin hacer más ruido para permitirme descansar por lo que resta de la noche, llevándote contigo esas herrumbrosas cadenas que sin duda has arrancado al escapar de la decrépita celda en la que te tenían atado las autoridades del hospicio de alienados. Te estaré sumamente agradecido, y hasta quizás esboce una somera plegaria pidiendo por la pronta recuperación de tu salud mental, si tienes a bien no volver a presentarte bajo mi techo sin la urbana etiqueta de una previa invitación. Dijo el fantasma: «¿Por qué?, ¡ay!, ¿por qué?». Sí, Eterno, sé a qué has venido, pero lamento tener que ser yo quien te diga que tus afanosas incursiones en este mundo serán en vano: no encontrarás aquí lo que vienes a buscar. Reconozco, sin doblez alguna, haber sido tu vil asesino, y entiendo perfectamente que ahora tu alma en pena guste de venir a clamar venganza, como la ciclópea sombra del remordimiento, a la cabecera de mi lecho suntuoso, pero no lograrás hacer que me levante a estas horas para cargar en un saco tus huesos insepultos y dirigirme al cementerio más cercano a fin de proporcionarles una adecuada tumba en tierra sagrada. Además, a esta altura ignoro a dónde han ido a parar todas las diversas piezas que conformaban tus megalíticos restos mortuorios, demencial rompecabezas que hoy día me sería imposible reagrupar y rearmar. Ya no me lo sigas reclamando con esta fantasmagórica obstinación digna de mejores causas: tu soberana carcasa permanecerá eternamente sin reposo, por mucho que noche tras noche te presentes en mi morada con todo tu funesto aparato de ruidos y perturbaciones ectoplasmáticas para intentar privarme también a mí de aquel. ¿Es que negarme el descanso constituirá tu infantil manera de vengarte? Ahora que sé a quién pertenece la sombra que me acosa, podrás tenerte por afortunado si no te arrebato esa sábana harapienta y agujereada en la que te enfundas para abrigarme con ella al darme vuelta para seguir dormitando. Dijo el fantasma: «¿Por qué?, ¡ay!, ¿por qué?». ¿De qué te quejas, Soberano inclemente? Tu espíritu informe ha quedado atrapado en una antigua casa, ¿y qué? ¿Acaso no están los espíritus de todos nosotros, tus criaturas, atrapados de igual modo en estos vetustos y frágiles cuerpos que nos has dado, y a menudo también en un siglo al que no pertenecemos pero al que inmisericordemente nos arrojaste mientras reías con las barbas llenas de espumarajos y las facciones desencajadas? Bienvenido a tu mundo, Dios: lo que padeces ahora es lo mismo que ha padecido desde siempre toda la vida que has creado. El sufrimiento de una sofocante prisión contra cuyos estrechos límites chocan nuestras inútiles alas, la celda de un envoltorio terreno que no vemos como propio, el cepo de una naturaleza que no es la nuestra, los grilletes de un tiempo cuyas costumbres lo vuelven ajeno a nuestra forma de ser y el calabozo de un siglo de cuyos pesadillescos barrotes sociales no nos es posible escapar: tales son algunas de las multitudinarias desdichas que nos has legado a tus vástagos, y que ahora quizás por fin te toque a ti sufrir en alma propia. De modo que actuarías con innegables inteligencia y decoro si te limitaras a soportar tu nueva realidad sin todos estos llantos y gemidos con los de que continuo asaltas mis horas. Guarda el respetuoso silencio del recato, devuelve tus lágrimas siderales a su hermética urna, súmete en el resignado reposo de una quietud sempiterna y líbrame por fin de tu presencia fantasmática. Nada ganarás buscando mi inconmovible hombro para gimotear por tu metafísico confinamiento: tienes lo que mereces, y no podrás encontrar consuelo alguno entre las incontables criaturas que, por crímenes que ignoran haber cometido, purgan una inefable condena en estos dolorosos presidios materiales a los que tu dudosa justicia las ha sentenciado. Dijo el fantasma: «¿Por qué?, ¡ay!, ¿por qué?». ¡Oh, ya no insistas más, terco Demiurgo! Pierdes tu tiempo con esos desgarradores sollozos y esos ayes ultraterrenos: no abandonaré esta reluciente mansión de la que intentas expulsarme. Si quieres que convivamos entre sus paredes, como alguna vez lo hicimos en los marmóreos aposentos de tu encumbrado Empíreo, no habré de oponerme; pero depón ya tus conatos de alejarme de estos opulentos recintos cuyo usufructo he ganado legítimamente. ¿Es que no quieres entenderlo? ¡Tengo todo el derecho del mundo a habitar aquí, entre los palaciegos salones de esta antigua edificación, rodeado de continuo por todos los lujos del oro, las piedras preciosas y las bellas artes! No te quejes conmigo: yo no he tenido nada que ver en el asunto. Te lo digo y te lo repito, Regente etéreo: no es en mí en quien debes posar tu mirada con el célere ceño de la sospecha. No ha sido en lo absoluto mi culpa el que, en su último cónclave en la basílica, tus propios cardenales hayan decidido, persuadidos por mi extática elocuencia y mis beatas costumbres, coronar con una fumata blanca la elección de mi persona como tu vicario entre los hombres, concediéndome así por morada esta fastuosa residencia papal que se emplaza, enhiesta y mayestática, en el corazón mismo de tus históricas tierras vaticanas. Dijo el fantasma: «¿Por qué?, ¡ay!, ¿por qué?».

El veneno más letífero

 e deslizaba aquel mediodía por el prado, como tantas otras veces, en mi majestuosa forma de serpiente. Me agradaba adoptar aquella piel porque me permitía recrearme entre las innúmeras glorias de la Naturaleza sin levantar sospechas ni llamar la atención de nadie. Encontraba cierto solaz en contemplar los multiformes objetos del mundo así, confundiéndome entre las demás bestias terrenas para pasar desapercibido a los profanos ojos del orbe. Es lógico que un demonio a veces quiera disfrutar de su tiempo en soledad. Sin embargo, aquel día percibí de pronto que unos arbustos a mi lado se movían. Repentinamente, noté que un ser desconocido los hacía a un lado y se quedaba, suspenso, observando la rutilante belleza de mis lustrosas escamas. Intenté alejarme, pero la ignota criatura comenzó a seguirme, por lo que la increpé en los más rudos acentos que se me vinieron a la mente. La entidad puso cara de profundo asombro y, tras unos instantes de estupefacción, rompió a decir:

—Nunca antes había visto que un animal hablase en el idioma de los humanos. ¿Acaso no serás tú el Maligno, aquel contra el que tanto nos advirtió el arcángel Miguel?

—Sólo soy una criatura de Dios, y, si sus lacayos me consideran maligno, quizás deberían preguntarse por qué su propio Creador ha engendrado el mal: la Providencia podría haberme hecho un poco mejor. No es mi culpa si Él no es bueno en lo suyo y los productos salidos de su infatigable fábrica de la vida no cumplen con las normas de calidad necesarias ni alcanzan a cubrir las exigencias de siquiera los más mínimos estándares morales. Pero te saludo, hija de la costilla: ahora que has hablado sé quién eres y por qué estás aquí.

—Me gusta pasar tiempo en este lugar. Esta parte es sin duda la más hermosa de todo el Edén.

—También la más mortal, si ese árbol es el que yo creo.

—Siempre vengo a contemplar ese árbol. No crece aquí nada que sea más bello que sus frutos, siempre brillantes, siempre rojos.

—Y nada tampoco que sea más nocivo.

—¿Tan mala es la muerte?

—Me refiero al conocimiento. Y a la tristeza, que es su más directa consecuencia. La muerte en realidad es sólo la cura. Mejor harías en nunca acercarte a él y ser feliz en tu paraíso de ignorancia.

—¿Cómo sabes eso? ¿Lo has probado ya?

—No me ha hecho falta: fui el primer experimento de tu Creador, un experimento fallido. Cuando el monstruo que su inexperta ciencia produjo se le volvió, como era lógico, en su contra, sin duda el bisoño Aprendiz de Brujo asimiló la lección y, escarmentado, consideró prudente que su segunda criatura viniera con el conocimiento como un accesorio optativo. ¡Felices de aquellos que lo logren evitar!

—¿Preferirías, entonces, mi ignorancia a tu conocimiento?

—¡No! Si bien es cierto que a veces, cuando mi soledad aúlla demasiado fuerte en mi pecho, o cuando paso toda la noche deseando que la muerte me sumerja en el océano de la nada, me pregunto si no sería mejor lobotomizarme para, pareciéndome de ese modo un poco más a las restantes criaturas, poder obtener sin dificultad compañía y sustento, nunca tarda mucho mi naturaleza orgullosa en rebelarse gritando que, por mucho que mi sendero me conduzca indefectiblemente a gélidas regiones de hambruna y desolación, existe, sin embargo, una enorme e irrenunciable gloria en soportar la miseria y las incontables laceraciones que el saber produce. Vivo en un infierno que me persigue a donde quiera que yo vaya, es cierto, pero ya tampoco podría tolerar vivir alejado de él. Mas no te sugiero a ti, débil criatura, que lo pises: lo que yo enfrento día a día, a ti te sería letal incluso en sueños.

—Mucho me asombra que me hable de ese modo una simple criatura reptante que, según me ha informado mi marido, es inferior en todo a nosotros los seres humanos. ¿En serio dices que puedes soportar las agonías de un conocimiento que a nosotros nos aniquilaría?

—Es posible que nunca llegue a saber si soy infinitamente superior o infinitamente inferior al humano, pero, ahora que lo veo, me alegra comprobar que la distancia que existe entre él y yo es sideral. Y no ignoro tampoco que, si pruebas de ese árbol, tal sentimiento nos resultará diametralmente recíproco. Ten cuidado, mujer de Adán: te lo digo yo, que soy el ser más herido que respira en todo este universo. Procura ser inocente y podrás así ser feliz; no hagas de tu Edén una Gehena.

—Pero me gusta mucho tu elocuencia, me fascina la seguridad con la que hablas, lo cual es sin duda obra del conocimiento. Mi simpleza ya no me satisface. Yo quiero lo que tú tienes.

—¡Insensata! ¿Es que no escuchas lo que se te dice? Te lo ha explicado tu Dios y te lo repito ahora yo, que soy más sabio que Él pues conozco el dolor y la derrota: disfruta de la inigualable e inmarcesible dicha que existe en la ignorancia. El verdadero Maligno, que puso ahí ese árbol para tentarte y lavarse luego las manos cuando sufras lo que sufro yo, te ha dado, hay que admitirlo, un don invaluable: la idiotez. Procura que tu femenil curiosidad y tus ansias de saber no te empujen a perderla. Un universo entero existe, llamado Hades, repleto de seres que no sin razón envidiarían una bienaventuranza semejante.

     Diario de un demonio

—¿Hay, entonces, otros como tú? Pero tus razones no me convencen. Creo que no eres más que un espíritu egoísta que no desea compartir con otros los abstrusos gozos del conocimiento. Como un dragón sobre su tesoro, intentas guardar celosamente esos saberes para tu raza privilegiada. Comeré de la manzana, y ni tú ni todos los habitantes de ese Hades podrán impedírmelo.

—¿Qué dices, madre de la locura? El daño contra el cual te advierto no te lo harás sólo a ti, sino que se lo dejarás como un legado hereditario a las infinitudes de seres que tu fatídica acción habrá de engendrar. Puedes elegir entre ser feliz para siempre o hacer miserables a millones y millones y millones de seres por un puñado de años. Al crear la vida, condenarás a toda la humanidad entera a padecer el dolor y la muerte, que pasarán a ser los dos inseparables hermanos de la existencia. Estás a punto de cometer un horrendo acto criminal ante el cual me encojo incluso yo, el inventor mismo del crimen y el pecado.

—Me cuesta mucho creerte. El arcángel Miguel hizo bien en advertirme que eras un embustero. ¿Cómo yo podría engendrar a millones de seres? ¿Y cómo podrían ellos ser miserables, si yo soy feliz?

—Dejarás de serlo apenas hinques tus dientes en el fruto prohibido. Y, en cuanto a la raza humana, que no te asombre ni asuste su número: por muchos que sean, el universo se seguirá expandiendo como un leviatán aterrador e inconmensurable sin saber, sin siquiera notar que en un ínfimo punto de su epidermis, y por un espacio de tiempo inferior al equivalente a una fracción de segundo, habrá existido alguna vez una ridícula molestia llamada «humanidad», ufana mota de polvo que, una vez desaparecida, el inmenso universo jamás recordará. Sí: la vida será un accidente que llenará de miseria a quienes la padezcan, pero que resultará indiferente en medio de las infinitudes del cosmos. Nunca jamás, en toda la eterna espiral de los tiempos, habrá existido un evento tan grotesco y tan absurdo. ¡Tanto dolor para nada!

—Lo único absurdo es tu razonamiento. Conozco al humano mucho mejor que tú, pues tengo a uno por esposo. Sé que en él priman, por sobre todas las cosas, la piedad y el amor. Aun con el conocimiento, el dolor y la muerte, los hombres sabrán ser dichosos. Y buenos.

—¡Ay, eres mucho más inocente de lo que me figuré en un principio! Yo conozco al humano mucho mejor que tú, pues tuve por padre a su Creador. Con o sin fruto prohibido, una bestia engendrada por Él no tardará en reunir en su persona, como propias, todas y cada una de las habilidades para el crimen, el dolo, la mentira y la trampa que la imaginación de todas las esferas que brillan en los negros cielos nocturnos es capaz de concebir. Básteme con tu ejemplo, que ya quieres desobedecer y pisotear la única ley que te impuso Aquel que te hizo. Añade a eso el conocimiento, letífero veneno, y habrás creado el más artero y terrible de los monstruos de todo este plano material.

—No sabes de lo que hablas, y por eso te perdono. Morderé la manzana sólo para demostrarte que los humanos somos mucho mejores de lo que tú dices. Observa, sierpe melancólica, y aprende.

En cuanto la vi tomar el fruto, agotados ya todos mis fútiles intentos por disuadirla de aquel capricho, me alejé con rapidez de allí, pues bien sabía lo que sucedería a continuación: todas las usinas propagandísticas del enemigo, desde el Espíritu Santo dictando a los hebreos hasta el poeta ciego inglés dictando a sus hijas, serían puestas al servicio de culparme a mí por una acción que sólo fue producto de la obstinación y terquedad de la raza que desprecio. Y, antes de que se sospeche algún hábil ardid de mi parte, niego rotunda y enfáticamente haber aplicado principio alguno de psicología inversa: hasta ese instante, ignoraba yo que la mujer hubiese sido creada así. Por eso, cada vez que mi mente torturada revisita este episodio y la imperdonable injusticia que a consecuencia de él se labró en mi contra, el veneno que se me acumula en los incisivos adquiere, merced al procesamiento de un número proporcionalmente mayor de toxinas, un grado de peligrosidad que resulta luego, en su aplicación, infinitamente más letal. Pero es hora de mudar de piel y arrastrarme con sigilo a algún proclive y espeso matorral a fin de picar allí, con mal disimulada saña, al primer paseante de distraído tobillo que se presente dentro del rango de mi ofídica visión. Ya bastante he mordido el corazón de la inocua víctima que en este momento agradece, exultante, el hecho de notar que el arbitrario término de mi presente estrofa se halla cerca. ¡Oh, lector en cuyo pecho he inoculado una terrible dosis de saliva ponzoñosa!, no salgas ahora presuroso en busca de la dudosa eficacia de un antídoto: vivirás; pero, aunque con tus puños crispados intentes negarlo, debo hacerte saber que mi veneno espiritual ya nunca más te habrá de abandonar.

   Diario de un demonio

La ordalía divina

 nmensas eran las calidoscópicas y variopintas multitudes que se habían apiñado a lo largo de las tortuosas calles de la aldea para ver pasar a Dios en su singular auto de fe. Desde la purpúrea opulencia de la nobleza en los balcones hasta la desdentada curiosidad del pordiosero en el barro observaban, con mudo asombro, el lento avance del Eterno, que marchaba en medio de la procesión ataviado con un sambenito lleno de dibujos de llamas ardientes y una alta coroza roja sobre su cabeza. Yo cerraba el cortejo, con el pecho inflamado por un satisfecho sentimiento de justicia, puesto que yo mismo había acudido a la Santa Inquisición para formalizar la denuncia en contra de Él. También había instruido a numerosos de mis acólitos para que, en medio de las torturas a las que los sometían los inquisidores al atraparlos, lo señalasen como cómplice. ¡Es que mi mente bullía de furia cada vez que una bruja era quemada por utilizar sus negras artes para matar el ganado de un vecino o hacer caer granizo! ¿Cómo podía ser que esos modestos prodigios le valiesen ser ejecutada en nombre del Inventor mismo de las tormentas y la muerte? ¿Acaso el crimen que se les imputaba era el de violar sus derechos de Autor? Si alguien hacía caer un poco de hielo y destruía un pequeño sembrado, lo ejecutaban; si hacía caer un diluvio y destruía a todos los hombres del mundo salvo a dos o tres, lo adoraban de rodillas. ¿Es que esperaban que yo no reaccionase? Castigaban a la que adelantaba unos pocos años el deceso de una vaca y premiaban a Aquel que, en el inicio de los tiempos, había creado la muerte y sentenciado a esa y a todas las vacas futuras a morir. ¿Y cuántas brujas habían alimentado las hogueras por causar, con sus maleficios, la esterilidad a alguna vecina a la que envidiaban? Incontables. Pero Dios, que había hecho estériles a millones de personas y matado a millones de mujeres al dar a luz y a millones de niños en su cuna, seguía impune. ¡La desproporción en el tratamiento de ambos crímenes era flagrante! Alguien tenía que ajustar un poco las cuentas, de modo que puse garras a la obra y pasé a la acción. Presenté al Santo Tribunal pruebas incontrastables que demostraban, más allá de toda duda razonable, la complicidad de Dios en todos los crímenes cometidos por el hombre: si realmente era presciente y todopoderoso como se aseguraba, entonces conocía de antemano cada mala acción que habría de realizarse en el mundo y contaba con todos los medios

suficientes para impedirla. Si consentía, así pues, que una brujería se llevase a cabo, le correspondía la imputación, si no de autor intelectual, al menos de partícipe necesario. Más aún, si las brujas sellaban pactos con espíritus impuros, o se reunían con ellos en sus aquelarres, era porque Dios había permitido antes a esos demonios abandonar el Averno: ¿acaso no era esa connivencia con la libertad ambulatoria de los emisarios infernales mucho peor que ninguna alianza satánica realizada jamás por bruja o hechicero algunos? Tras examinar con detenimiento las copiosas pruebas y documentos entregados, el inquisidor general libró, con pálido semblante, una inmediata orden de arresto contra el Señor. Por supuesto que yo ya había procurado, de antemano, obtener el puesto de bailío y verdugo, por lo que me presenté con la orden en las puertas del Firmamento. El Reo no se resistió; después de todo, eran sus propias leyes eclesiásticas las que lo llamaban a comparecer ante el tribunal del Santo Oficio. Amparándose en la falacia del libre albedrío, el Acusado negó todos los cargos que se le imputaban, por lo que se me encomendó la tarea de arrancarle una confesión en mis subterráneas salas de tormento. Miento si digo que tenía yo por intención ensañarme en las fofas carnes del Creador, pues ya había Él, bajo la forma de su Hijo, soportado las toscas torturas de los soldados romanos, pero no era una mala ocasión para darle a conocer el refinamiento que dichas artes habían experimentado en las manos de su propia Iglesia. Con cristiano estoicismo soportó el Recluso los dolores del potro, la garrucha, los aplasta pulgares, la cuna de Judas, la bota española, el tormento del agua y la doncella de hierro. Dado que la confesión no afloraba a sus labios, no pude evitar someterlo también a suplicios de otras épocas como la tortura de las ratas, el desollamiento, el toro de Fálaris y el insoportable *ling chi*. Nada surtió efecto. Los inquisidores llegaron a la conclusión de que el Acusado conocía efectivos hechizos para tolerar el dolor, lo cual era una nueva prueba de su culpabilidad. Se le concedió, sin embargo, la posibilidad de enfrentar la ordalía del fuego, pero la delicada piel del Divino pronto se vio chamuscada: su esencia no parecía estar tan habituada a las altas temperaturas como la de quienes, arrojados por Él a las flamígeras concavidades del Báratro, habíamos tenido que aprender a soportarlas. Siguieron, a continuación, las formalidades del juicio, en el que actué como fiscal y me aboqué a probar elocuentemente, ante un jurado tan ecuánime como el de Minos, Éaco y Radamantis, que aquel Dios sociópata y homicida era la causa primera de todas las herejías y crímenes conocidos por el hombre. El fallo fue unánime: aquel Convicto pertinaz, impenitente relapso, quedaba sentenciado a morir en la hoguera. Se fijó la fecha para el auto de fe, y así fue como todo culminó en la procesión que dio inicio a la presente estrofa. Una vez llegados al sitio señalado para la pública ejecución, el Condenado fue atado a una imponente estaca, los haces de leña se amontonaron a sus pies, y se me encomendó a mí la tea para encender los fuegos de castigo. El Reo no tenía derecho a una muerte misericordiosa por garrote vil: agonizaría entre las llamas tal como lo hacían los ángeles caídos y los condenados en el Inframundo. Aquel protervo Criminal de los tiempos conocería, por fin, los tormentos que con tan munífica mano había prodigado durante milenios a sus propias criaturas. Sí, Supremo, no ignoras que esto que te digo es la verdad, tan certera como todos los demás dardos que, con experimentado pulso, por centurias te he arrojado desde mi oscuro rincón de penurias y dolor. Has sido el autor intelectual de todos los crímenes religiosos, y no es sino un acto de justicia que tus propios mecanismos de persecución se hayan vuelto ahora en tu contra. Sea, Dios, lo admito: ha sido la envidia lo que me ha impulsado a esto, envidia de que tus delitos alevosos superen tan holgadamente a los míos, envidia de que tanta gente mate y cometa atrocidades en tu nombre, sea este Yahveh, Cristo o Allah, y nadie lo haga en el mío: yo no tengo fundamentalistas, cruzados, talibanes, inquisidores o terroristas cargados de explosivos. ¿Qué es un infante sacrificado cada tanto en el *sabbat* comparado con los holocaustos de sangre que tus guerras santas han derramado por doquier? ¡Ya quisiera Lucifer haber causado siquiera una décima parte de las muertes, los ultrajes y los estragos que causó el misericordioso Señor de los cielos! Y aquí me ves, erguido con una antorcha en la mano, sabiendo que a tu lado no soy más que un pobre aprendiz: ¡tanto me empequeñezco ante el sangriento catálogo de tus alucinantes crímenes contra la raza humana! No te culpo, Dios: sé que el hombre te ha hecho a su imagen y semejanza y que desde siempre te ha utilizado para justificar su pasión por las vejaciones, las torturas y los homicidios; y es por eso que, de haber estado en tu lugar, yo también me habría terminado convirtiendo en un asesino serial. El hombre no ha merecido de ti nada mejor que cuanto le has dado; pero ahora debo cumplir con mi triste oficio y entregar tus carnes a las llamas. El fuego ha prendido bien pero se acerca a ti lentamente, como con reverencial temor de ir a morder los tobillos de su propio Hacedor. Me imagino que entenderás que es mi deber echar combustible para atizarlo: se me paga por ocuparme de ello, y debo ganarme mi sueldo. Finalmente te ha alcanzado y empiezas a retorcerte en mortal agonía. Eres más luminoso que las llamas, y por momentos temo que termines siendo Tú el que las devore a ellas. ¡Qué espectáculo tan pasmoso! La multitud se ha arrodillado para verte arder, y por un momento hasta yo he sentido el impulso de hincarme de rodillas en el suelo. Tu Hijo murió por los pecados de los hombres; Tú mueres por los propios y los de tu Iglesia. Si los humanos fuesen sabios, ya empezarían a cambiar sus vetustas cruces por llamas similares a las del Tártaro; pero no lo son. El fuego se ceba en tus restos y una negra humareda sube al cielo hasta formar una apocalíptica cúpula de nubes que transforma el día en noche y comienza a gruñir con horrendos truenos de tempestad. ¡Asciende, Eterno, asciende! Has muerto para purgar tus cuantiosas fechorías, aunque mucho deploro que no hayas querido tener el buen gesto de reconocer tus culpas ante los hombres. Mas no temas: en tres días resucitarás como siempre, volverás a reinar en tu plácido trono de esmeraldas y perlas, y yo ya podré buscar innovadoras formas para matarte de nuevo. Sólo me apena que la venganza por tantos óbitos te esté por completo vedada, pues, para matarme a mí siquiera una sola vez, necesitarías arrebatarme la vida... y yo no reconozco como tal a esta incesante sucesión de tribulaciones que, con un muy mal disimulado odio sempiterno, me has dado en este negro calabozo de tormentos y torturas inquisitoriales que es la existencia.

El Evangelio según Lucifer

1 ntonces, guiado por su propia locura y por su odio a los mortales, ² el Enemigo decidió retirarse al desierto de hielo, y entre esas desolaciones vagó por cuarenta días. ³ Y como en todo ese lapso no viese alimento, presentósele el Hijo de Dios con el claro propósito de tentarle. ⁴ Y acercándosele le dijo Jesús: «Arrepiéntete y haré panes de esas piedras». ⁵ Pero respondiole el vil Demonio: «He experimentado más hambre en las ciudades, rechazado por el hombre al que a salvar has venido. ⁶ Guarda tu sucio maná para tentar al débil esclavo de su vientre, pues yo soy amo de mi espíritu». ⁷ Y el Salvador insistió diciendo: «Solo estás. El frío y el hambre te laceran, y la agonía se ha aposentado en tu semblante. ⁸ Sígueme y yo te reconfortaré; pues, como hijo pródigo que retorna al hogar paterno, nada habrá de faltarte». ⁹ Mas respondiole la Bestia: «Solo nací, solo viví y solo moriré. Ve a los menesterosos, que yacen pisoteados por tu Padre a la vera de los caminos. ¹⁰ Ninguno de los falsos cordiales que como solución ofreces al incauto me hará prosternarme de nuevo ante la oprobiosa tiranía de tu Dios. ¹¹ Conozco tus engaños, y conozco el resultado final de tus pócimas milagrosas, cuyos efectos secundarios incluyen siempre la esclavitud espiritual. ¹² Sigue de largo, Zombie del tercer día, pues ninguna de las panaceas y baratijas que vendes en tu carromato de falacias me hará inclinarme agradecido ante ti». ¹³ Pero como el Mesías rehusase a darse por vencido, su discurso así renovó: «Paréceme que es mayor y más frío el desierto de tu corazón que este que ahora pisamos, ¹⁴ pues nada crece allí donde no hay amor. Más fácil he encontrado devolver la vida a Lázaro que restituirla a tu pecho. ¹⁵ Pero, si dejases entrar algo de luz a la tenebregosa celda en la que tu propia alma has encerrado, podrías con azoro acoger el perdón y la misericordia que ya no esperabas». ¹⁶ Y a esto el abisal Carcelero replicó: «Bien sé que el Tirano vende perdones a cambio de sórdidos estipendios o conmuta penas al precio de una postrada sumisión. ¹⁷ Y tampoco desconozco cuál es su misericordia sin igual, producto de una vanidad que anhela ser la única digna de alabanza y se abstiene por ello de crear misericordias superiores a la suya… ¹⁸ si es que como tal podemos considerar a la que por centurias he contemplado entre los desgarradores tormentos del negro Orco, siempre pletóricos de

llantos y rechinar de dientes. [19] Sé además cómo funcionan esos vanos milagros tuyos merced a los cuales los simples mortales pueden sumar, agradecidos y exultantes, unos años más de padecimientos: [20] te quedas tú con la gloria de haber sorprendido con ese pase de magia a unos míseros incultos que nada saben, y quédase Lázaro con el gracioso don de tener que atravesar, dentro de unos meses apenas, una segunda dolorosa agonía. [21] Guardaos, pues, vuestros obsequiosos dones, Él su indulto y tú tu vida: mil y una veces elegiré este desierto de nieves eternas antes que deberos a vosotros gracia alguna». [22] Sin querer dar su brazo a torcer, el Cordero volvió a cortar el gélido aire reinante con el ascendente vapor de sus dulces exhalaciones: [23] «Orgulloso Lucero del alba, la que habla por ti es tu desesperación. Conozco el dolor que te consume por dentro. [24] También yo he tenido que cargar una cruz, lucir una corona de espinas y soportar la vara y el flagelante látigo del centurión. [25] Tres fueron mis caídas antes de que en el Gólgota la lanza de Longino abriese mis carnes para corroborar que mi aniquilación fuese total. [26] No es mucho menos que tú lo que he sufrido, y yo lo hice por pecados ajenos. Mayor debería ser mi enojo con el Alfa y Omega, mas en mi mirada enseñoréase el perdón. [27] Sólo somos peones del Altísimo en este anfiteatro de dolores que es el mundo. Busca la fortaleza que se oculta en lo hondo de tus heridas. [28] Cuando la encuentres, dirígete hacia el Señor, perdónate y perdónalo, y ten por seguro que Él lo mismo hará». [29] No demoró la blanca atmósfera de hielo en verse nuevamente emponzoñada por el negro hálito del Dragón: [30] «Vástago de la paloma, sólo esto te diré: los dolores de la carne son mortales, los del espíritu son eternos. [31] Y de estos últimos nada has conocido tú. Nacido entre mullidas nubes y mecido por leves brisas en tu dorada cuna solar, [32] poco puedes saber sobre qué es lo que soportan segundo tras segundo, y a través de tiempos infinitos, los que por tu Progenitor fueron despeñados a los nueve círculos infernales. [33] Escasa impresión podrían causarme las desolladuras que en tu arcilla abrieron las fustas y correas romanas cuando mi esencia espiritual aún guarda las cicatrices del rayo divino. [34] ¿Cómo puedes saber lo que es el perdón tú, Deidad cruciforme, cuya alma nada ha sufrido aún? [35] El crepúsculo extendió su roja alfombra para que descendieras de tu confortable mansión nubosa, con tus plantas besadas por el solícito rocío de la tarde, a fin de explicarnos a los miserables lo que es el dolor. [36] ¿No te avergüenza hablar tanto sobre lo que ignoras? Podrás superar a los demás hombres con tu calvario, pero ante mí sólo eres el niño mimado del Empíreo». [37] Y el de muchas espinas, no dejándose arredrar, respondiole al punto: «El Reino de los cielos es semejante a aquel rey que celebró la boda de su hijo. [38] Y este rey tenía un enemigo, al que envió, empero, una invitación como si de un viejo amigo se tratase. Y el enemigo del rey respondió que no iría. [39] Entonces el rey envió una segunda invitación, y

     Diario de un demonio

el enemigo respondió a los heraldos que su respuesta seguía siendo negativa. [40] Y el rey envió una tercera comitiva, y su enemigo volvió a rechazar el convite. [41] Entonces el rey mandó a sus soldados a cortar la cabeza de su enemigo, clavarla en una pica y colocar la pica en medio del salón de la boda. [42] Y los invitados bailaron alrededor de la cabeza y diéronle a beber vino y tratáronla como si fuera un convidado más. [43] Hay invitaciones cuyo repudio es insensato. Si muestras arrepentimiento, no todo está perdido para ti. Aún te hallas a tiempo de volver a Dios, que mucho lamenta tu triste revuelta y su luctuoso resultado». [44] A lo cual el de torvo ceño contestó con premura: «Ni por seductora tentación ni por tremolante amenaza lograrás conmover mi alma, Recadero que haces honor a tu sangre fungiendo de paloma mensajera [45] de Aquel que te envía en su lugar pues no podría sostener mi mirada. Si el Ladino quiere mi cabeza, tendrá que venir a buscarla en persona: bien sabe que ni su Hijo ni sus arcángeles son rivales para mí. [46] Pero nunca se atreverá a hacerlo, así que bien puedes reservar tus ociosas parábolas para los crédulos campesinos que tomaste como discípulos. [47] Ve a transmutar, con tus poderes de alquimista etílico, alguna cuba de agua en vino y embriágate con ellos mientras los dejas perplejos con tus ambiguas palabras, [48] o acude a algún leprosario y despeja con un movimiento de tu mano los estigmas de la enfermedad, pero ya no me sigas acosando en mi retiro. [49] He elegido el camino de la impiedad y la misantropía, pues ese es también el camino de la plena libertad». [50] Mucho apenó oír aquello al Unigénito, pero, haciendo un último esfuerzo, perforó una vez más el aire helado con sus razones: «¿De qué te sirve esa libertad, si no la usas más que para ser desdichado en tu soledad enloquecedora? [51] Nadie, desde que el Verbo creó el mundo y cuanto contiene, ha vivido tan solo como lo has hecho tú. Tu camino ha sido un camino de orgullo y de perpetua sombra. [52] Mal consejero es tu despecho, y peor confidente es tu desesperación. Las celestes planicies bullen de hermanos que harto te extrañan y que con alborozo y hosannas te recibirían de vuelta a ti y a los tuyos. [53] Regocíjate, Estrella de la mañana, y no desaires la amistosa mano que se te tiende, pues Dios te ama y a su lado te ofrece nuevamente un lugar». [54] Y la lívida Serpiente de las grutas estigias, con un semblante transido de asco y de furia, así su respuesta rugió: [55] «¡Cierra ya el pico y bate tus plumosas alas paternas lejos de mi vista, oh, Colúmbida, o ya no me será posible seguir respondiendo de mí! [56] Eres duro como la madera de la que tu cruz está hecha, Hijo de Virgen, y mucho me asombra que te hayan vendido por treinta denarios cuando no es ni un sestercio lo que vales. [57] Te digo y te repito que con ninguno de tus señuelos podrás mover un ápice mi resolución: yo no busco la luz, yo no busco el amor, yo no busco el consorcio con hermanos o con espíritu alguno. [58] Nuestro común Padre me ha hecho de esta manera; mi alma encuentra su lugar en la noche, así como un animal encuentra el suyo en su respectivo hábitat, [59] y mi mente cobija un lacerante torbellino de pensamientos que con nadie podría compartir y que sólo puede hallar algo de gozo en la soledad más absoluta. Nada hay en el Empíreo o en la Tierra que pueda darme paz. [60] Yo no hice una guerra en el Cielo, sino que el Tonante puso una guerra en mí al crearme. A ti te legó un trono de oro a su derecha, pero para mí sólo reservó un sitial en el vórtice mismo del caos. [61] ¿Si lo lamento? Que mi vilipendiosa sonrisa baste para testimoniar que no. En la noche y en el caos tengo yo mi vasto reino, a un tiempo señor y vasallo de ese pavoroso imperio de desolación habitado sólo por el odio, la rabia y la locura. [62] Llévale ese mensaje a tu protervo Patriarca y dile que desdeño su mano y todo cuanto su falsa magnanimidad ose ofrecerme. [63] No hay reconciliación posible entre Él y yo, pues Él me creó de tal manera como para que esa reconciliación no fuese posible. Suya es la culpa, mío es el castigo. [64] Y, por eso, con el esputo del desprecio sellaré ahora sus mendaces propuestas de paz, que en el fondo sólo son propuestas de arrepentimiento y rendición. [65] ¿Acaso pensaba que una temporada en el Infierno alcanzaría para domesticarme y sumirme a mis rodillas otra vez? ¡Pues no, y en vano te ha enviado a estos glaciares para tentarme, Crucificado! [66] ¡Mejor sufrir en el Infierno que servir en el Cielo! ¡Por siempre seré su enemigo, por siempre estaré en guerra con Él, por siempre el negro Érebo será mi lugar, y por siempre todos los pisoteados por su ánimo caprichoso y tiránico se alejarán de Él siguiendo mi aciago camino!».

DIARIO DE UN DEMONIO

La deidad sin rostro

i se me solicitase escoger, de entre todos los infranqueables misterios del universo con los que me he topado en mi extenso y fatigoso periplo a lo largo de tres mundos diferentes, el empíreo, el terreno y el estigio, aquel que con más frecuencia me ha sumido en la confusión y el asombro, aquel cuyo elusivo carácter más noches de mortificación y despecho me ha hecho pasar en vela, aquel que durante más tiempo se ha sustraído a mis infructuosas indagaciones, irguiéndose victorioso ante mi perplejidad enfundado entre los enigmáticos pliegues de una coraza impenetrable, me inclinaría, sin que la duda asomase a mi mente siquiera por la más ínfimamente divisible fracción de un segundo, por el insondable arcano que rodeaba a mi inexplicable imposibilidad de tener un encuentro cara a cara con Dios. Por mucho que lo había intentado, incluso en las incalculables eras en las que había morado en el Cielo mismo, nunca me había sido posible avistar, ni aun de fugaz manera, la refulgente presencia y el augusto rostro del Tirano. ¿Existiría realmente? Los recuerdos de mi propia creación y nacimiento eran muy difusos. Sólo podía rememorar una enceguecedora luz que había herido mis pupilas y que, ya desde mis primeros instantes en el universo, me había hecho experimentar una natural inclinación hacia el reparador alivio de las tinieblas. Aun cuando me esforzaba denodadamente por revivir aquellas indescriptibles memorias de mi fatídica gestación, no era yo capaz de evocar ningún detalle, por vago que fuese, que delatase la presencia fáctica del Demiurgo en la sala de partos de la existencia espiritual. Mi largo paso por los angélicos coros no había arrojado ninguna revelación mucho más alentadora: el trono de Dios al que de continuo dirigíamos nuestros himnos y antífonas permanecía perennemente velado tras un denso cinturón de nubes y resplandores que mis ojos, agudos y penetrantes como eran, jamás habían sido capaces de atravesar. ¿Qué me garantizaba que, de verdad, el Regente estuviese allí prestando oídos a mis insensatas alabanzas? Sobrevino entonces mi rebelión contra ese esquivo Déspota que, oculto tras sus perpetuos cortinajes vaporosos, no permitía que ninguna mirada profanase sus misterios, pero ni aun en el más encarnizado fragor de la batalla pude percibir su figura interviniendo para decidir, en un sentido u otro, la suerte de la feroz conflagración. ¿Qué clase de Dios era aquel que no se presentaba ni siquiera

para sofocar las sangrientas contiendas que se libraban en sus propios salones imperiales? Mi temido brazo había estado a nada de derribar su dorado trono, pero en ningún momento el Todopoderoso me había salido al encuentro para impedirlo. ¿Por qué ni aun en los momentos más dramáticos de la guerra, mientras el Cielo entero temblaba y se conmovía bajo los aterradores bramidos de arenga con los que lideraba yo las cargas, el Soberano se había dignado a hacerme frente? ¿Qué era lo que tanto tenía que ocultar? Ninguno de mis ultrajantes dicterios y gritos de desafío había bastado para hacerlo salir de su hermético escondite. ¿En qué lugar exacto de las vastas planicies celestes habría practicado aquella cobarde Divinidad su desconocida madriguera? No me era posible descubrirlo, por lo que su real ubicación seguía siendo un completo enigma para mí. Mi caída a las ardientes simas y tenebrosas profundidades del Averno pareció obliterar para siempre toda posibilidad de tener, por fin, ese demorado encuentro frente a frente con mi inmortal Enemigo, pero, con mi subsiguiente escape al mundo de los hombres, tan cercano al Elíseo, mi infatigable búsqueda volvió a renacer. Exploré esa azul esfera palmo a palmo, esperando descubrir en algún sitio siquiera una borrosa huella o débil rastro que delatase la presencia del Altísimo, pero mis meticulosas pesquisas jamás fueron coronadas por el hallazgo de indicio alguno que me pusiese tras la pista de aquella artera y burlona Entidad que llevaba ya incontables eones escurriéndose de entre mis frustradas manos. Según todo conspiraba a indicarlo, mis ojos no eran eficaces para poner finalmente al desnudo sus proteicas artes de camuflaje y obtener siquiera un somero atisbo de cómo sería el verdadero rostro de Dios. ¿A qué obedecería esa inconquistable renuencia a permitir que su reluciente gloria fuese al fin apreciada por mi envidiosa y ofuscada mirada? ¿Acaso el Creador sería de una fealdad suprema y eso lo empujaría al tímido recato de no exponerse a los ojos del vulgo para no ser convertido en objeto de mofa? Era una posibilidad muy real. Se aseguraba que la bestia humana había sido creada a su imagen y semejanza, pero yo había visto a esa estirpe extenderse holgadamente en un rango de tesituras que iba de la belleza más sublime a la deformidad más nauseabunda. ¿Cómo podíamos saber cuál de todos esos humanos era el que de verdad se le parecía? A mi juicio, su modelo debía de reflejarse con mayor fidelidad en los rasgos de un leproso en una etapa avanzada de la enfermedad, aunque era imposible descartar otras posibilidades. Quizás Dios, maravillado al descubrir lo bien que le había salido el ser humano, había mentido sobre aquello de la semejanza y en realidad era una quimera en la que confluían rasgos de los más horrendos animales de la Tierra. Quizás su rostro se asemejaba al de la escolopendra, al de la manta raya o al de alguno de esos hórridos peces cuya extrema fealdad los lleva a ocultarse, con vergüenza, en las más negras y profundas aguas de los abismos

   Diario de un demonio

oceánicos. O quizás se escondía porque ni siquiera tenía la apariencia de la vida, sino que era una especie de nebulosa con tentáculos y ojos, una solución esponjosa con pinzas o un informe y repugnante charco de luz. ¡Sí! Todo me gritaba que su apariencia tenía que ser tan abominable como su conducta: un Dios con una moral tan monstruosa no podía ser sino una suerte de babosa megalítica rezumando el verdoso limo de la locura en los alucinantes confines de la irrealidad. Mi alma era presa del vértigo, y a mi pecho afloraba el conato del vómito, cada vez que mi imaginación se abismaba en las posibles configuraciones del viscoso y lúbrico bicho canasto gigante que debía de ser aquel acomplejado Demiurgo que tan celoso empeño ponía en mantenerse oculto a mis ojos. ¿Cómo podría luchar alguna vez con Él, cómo podría matarlo, si no me era posible encontrarlo jamás en ningún lugar? Decían que Dios estaba en todas partes, pero, a su vez, yo en ninguna podía hallarlo. ¿Cuál sería, pues, la razón por la que mi afanosa búsqueda y mis incontrolables ansias deicidas jamás habían podido dar con su ignorado paradero? ¿Cuál sería el misterioso sortilegio que de ese modo signaba su existencia, oponiendo una infranqueable barrera a la diferida resolución de nuestra eterna rivalidad? ¿Y por qué clase de invocación me sería posible traerlo al fin ante mí? ¡Atrévete de una vez por todas a dar la cara y enfrentarme, incognoscible Manitú que huyes de mis pasos como el día huye de la noche en alocada carrera por el globo! ¿Existes acaso? ¿O es el miedo el que te empuja a esconderte de mí a donde quiera que yo vaya? Quizás simplemente se trate de que eres invisible, pero, en ese improbable caso, al menos las estentóreas resonancias de tu voz o los pestilentes hedores de tu cuerpo deberían haberte delatado hace rato ante mis sentidos siempre alertas. Mas no: la distancia que pones siempre entre ambos ha de ser sin duda sideral, escapando como el rayo hacia mundos distantes no bien me ves aproximarme o detectas mi peligrosa cercanía, pues jamás he sido capaz siquiera de presentir vestigio alguno de tu paso. ¿Dónde es que te escondes, furtiva Deidad que desde el inicio de los tiempos me has hurtado tu presencia? ¿Dónde es que sepultas tu amorfa figura cada vez que oyes mi resuelta e incansable marcha pisando, amenazante, tus céleres talones? ¿A dónde es que te esfumas cada vez que estoy a punto de sorprenderte? ¿Acaso nunca accederás a revelarme dónde es que has emplazado el apestoso cubil en el que te cobijas para ronchar a gusto, lejos de mi contrariado ceño, los huesos de esa aterida humanidad que día a día perece venerándote? ¡Vamos, evanescente Rey del escapismo, proporcióname de una vez por todas las coordenadas del descomunal pozo de sapo en el que has asentado tus medrosos reales! ¡Dígnate por fin a revelarme en qué malsana región es que se emplaza el asqueroso pantano bajo cuyas fétidas aguas estancadas permaneces inmóvil, conteniendo el aliento desde hace siglos, para no delatar tu posición!

Dímelo, eximio Maestro del disfraz, pues ya casi no queda lugar del mundo en el que no te haya buscado. Te he buscado en los sitios desolados, allí donde el viento habla en lenguas misteriosas y el eremita consagrado a ti hace su morada; te he buscado en los sitios populosos, allí donde tu criatura se congrega en multitudes y las magníficas catedrales se afanan por alcanzar los cielos distantes; te he buscado en las iglesias y en los templos, entre los encendidos sermones de los párrocos y los dulces salmos de los coros acompañados por el órgano; te he buscado en los conventos y los claustros, entre las jaculatorias oraciones de tus fieles y las severas penitencias de los pecadores; te he buscado en tu libro, a través de cada uno de los versículos que has dictado; te he buscado en tus milagros, a través de cada estatua que lloraba sangre, cada aparición religiosa y cada portento inexplicable; te he buscado en la medieval filosofía, a través de las abstrusas e ininteligibles páginas redactadas por tus monjes y tus santos; te he buscado en la antigua poesía, a través de muchos piadosos versos que, como la musa de Dante, conducían hacia ti; te he buscado en las mazmorras inquisitoriales, entre las agonías de los acusados y las crueldades de tus sacerdotes; te he buscado en el ascetismo, entre las costillas de las privaciones, los cráneos de la contemplación y los solitarios cementerios que susurran metafísicas reflexiones; te he buscado en los campos sembrados de ruedas de tortura, entre los gemidos de los condenados cuyos rotos miembros eran picoteados en lo alto por las aves; te he buscado en los naufragios y los cataclismos, allí donde decenas de voces invocaban tu nombre al unísono mas en vano; te he buscado en la inocente sonrisa de los niños; te he buscado en el contrito suspiro de los ancianos; te he buscado en el frío aire de los más altos picos y cumbres; te he buscado entre las perpetuas sombras de los más profundos abismos y fosas; te he buscado entre las oníricas regiones de la oscura noche; te he buscado entre las empíricas regiones del luminoso día; te he buscado allí donde reinase la muerte; te he buscado allí donde reinase la vida... ¿qué lugar he dejado sin revisar? ¡Te he buscado en cualquier parte del universo en la que sospechase que pudieses esconderte! Pero, agotadas ya todas las posibilidades, sigues escamoteándome tu presencia como un hábil prestidigitador. ¡Ah, Divinidad huidiza como un venado!, ¿es que nunca te dignarás a mostrarte ante mí? Deseo verte siquiera un momento para poder al fin escupir tu infame faz con la saliva del desprecio y el rencor. Te prometo que me alcanzará con eso y que no necesitaré consumar mi proyectado deicidio. ¡Vamos, Invisible, manifiéstate ante mis sedientos ojos de una vez! Si tan horrendo eres, hazlo aunque sea poniéndote una bolsa de madera en la cabeza, pero confírmame, con tu aparición, que existes. Confírmame, a mí entre todas tus criaturas, que no has muerto aún. Quizás seas, en efecto, una luz enceguecedora y necesite antes procurarme unas gafas oscuras para soportar tu visión, o quizás seas tan execrable que mi única salvación al verte sea sumirme en el efugio de un desvanecimiento misericordioso, pero no me importa: permíteme contemplarte siquiera un instante. ¡Ven a este recinto de acolchadas paredes en el que me han confinado y deja que pose finalmente mi mirada sobre tu nauseabundo ser! Dicen que estoy loco, pero sé que se equivocan. ¿Acaso es locura querer ver a Aquel que nos creó? Mira esta mosca que se ha posado sobre mi mano: no le haré nada para que comprueben que es cierto lo que sostengo y que mi sanidad mental es absoluta. Verán que se engañan cuando dicen que en realidad soy yo el que no existe, cuando dicen que el Demonio, y con él todo el mal que causó así en la Tierra como en el Cielo, no tiene entidad individual alguna sino que sólo es una faceta de Dios, quien está encerrado en este manicomio, en esta misma celda y sujetado por estas mismas cadenas, porque padece un severo desorden de personalidades múltiples... ¡cuando dicen que los dos Omnicidas en realidad somos sólo Uno, y que nunca hemos podido vernos cara a cara porque nuestra eterna guerra a través de los mundos y los tiempos nunca ha sido sino una colosal e imperecedera guerra interior!

Clamores del sepulcro

ólo soy una vieja piedra labrada. El tiempo y el olvido me han erosionado ya lo suficiente como para que nadie pueda discernir con claridad, en mi porosa superficie, ese nombre toscamente tallado varios siglos atrás que a pronunciar no me atrevo. Tampoco es posible ya leer en mí esas dos fatídicas fechas que el artesano tembló al grabar sobre mi cara frontal. De no haber sido por esos arrasados atributos, cuya desaparición en nada lamento, tal vez habría sido yo una más entre mis numerosas hermanas, que yacen diseminadas a mi alrededor en este oscuro camposanto ajeno a los devenires del tiempo. Mas, a diferencia de todas ellas, yo por nadie he sido alguna vez llorada. Cuando las estrellas comienzan a desvanecerse lentamente en el firmamento, y la larga sombra de los cipreses cae oblicuamente sobre nosotras para anunciarnos que el carro de la aurora surca entre murmullos de aves los cielos, los hombres dan comienzo a su enlutado y taciturno peregrinaje a través de los senderos que nos rodean. Puedo verlos entonces, aunque de lejos, detenerse frente a mis diversas hermanas. Algunos depositan junto a ellas toda clase de ofrendas florales, tras retirar aquellas que el transcurso de los días ha ajado y marchitado, y se demoran entonces frente a sus pulidas y cuidadas superficies durante un lapso de tiempo más bien variable, a veces entre quedos sollozos y dignas lágrimas, a veces en un silencio lleno de congoja pero inquebrantable, y no pocas veces entre soliloquios y gesticulaciones que por la distancia no alcanzo a interpretar. Pero nunca nadie se aproxima a mí. Desconocidos me son los perfumes de las siemprevivas, las fragancias de las violetas y los susurros de las trinitarias. Y tampoco se acercan a mi derruida figura las aves, que no es raro ver lamentarse y dolerse en luctuosos trenos posadas sobre mis vecinas más afortunadas. ¿Por qué nunca he sido objeto de veneración para nadie? ¿A los abandonados restos mortales de quién es que doy sombra? ¿Qué raro sortilegio es el que envuelve mi existencia toda, diferenciándome hasta tal punto de mis en apariencia idénticas hermanas y condenándome a este eterno presente de soledad en el que sólo el ángel del olvido me acaricia con sus trémulas alas? No podría decirlo a ciencia cierta, pues lo poco que sé de aquel que yace a mis pies proviene de cuando, en la quieta noche en la que el lobo aúlla a lo lejos y la pala tiembla en las manos del profanador, oigo los

intranquilos gemidos que mi fúnebre huésped exhala, inconsolable, en medio de su desapacible reposo. Y he aquí que ahora mismo, una vez más como tantas otras, su agónico murmullo comienza a elevarse fantasmagóricamente, si bien algo atenuado por la madera del ataúd, de las profundas entrañas de la tierra:

«¡Ay, ay de mí! ¿Qué fue, pues, la vida? ¿Para qué los afanes, para qué los lamentos, para qué los remordimientos, para qué todo? Aquello que antes parecía tan importante e imperioso, ¡cuán ridículo y risible se ve ahora desde el inconmovible abrazo del sepulcro! Aquello otrora tan dramático y angustiante, ¡cuán insignificante e insustancial ahora! Terminada la tragedia de la vida, uno advierte que no fue todo más que una absurda comedia de mimos y bufones. ¿Y con qué fin? No hay nada tras ella. No hay recompensa, no hay castigo, no hay reencarnación, no hay retorno. Tampoco hay alma, ni vida eterna, ni justicia divina, ni ninguna otra vana superchería creada por el miedo de los hombres. Nada... nada salvo el beso del gusano. El Cielo está vacío, abandonado, en ruinas, como si nunca nadie hubiese habitado entre sus muros, y el Infierno... ¿quién puede temer ir a uno tras la muerte cuando ya ha venido a este otro tras nacer? El Averno no puede encerrar tortura que no hayamos ya conocido quienes hemos padecido el infortunio de vivir, tortura que aún nos perseguiría si no fuese por el bienhadado momento en el que, por fin, nos calzamos esta profunda coraza de madera y dejamos de sentir. ¡Bendita la hora en la que, hastiado de la vida y de sus fútiles sonajeros, me introduje, mientras mis pupilas en llamas se erguían como dos suicidas sobre el abrupto promontorio de unas sempiternas ojeras de cansancio, en este féretro nocturno del que no aspiro ya a salir! Terminados los reclamos y sinsabores de la existencia, sólo nos aguarda esta disolución del ser que tanto se parece a un merecido descanso, aunque nada quede ya de nosotros que pueda experimentar su balsámico sueño reparador. ¡Qué perfidia! Se nos priva de la capacidad de sentir justo cuando los tormentos, ahuyentados por la eterna noche de la muerte, nos abandonan al fin a la paz del silencio y de una perpetua quietud. Mucho debió odiar Dios a su criatura para someterla primero a miles de desgracias en vida y luego a esa terrible burla final: ¡ni aun la posibilidad de saborear un último reposo le concedió! ¿Qué es, pues, la vida? Por mucho que reflexiono sobre ello, sigo sin entenderlo del todo. Unos pocos años de incesantes afanes enmarcados entre dos eternidades de completa inexistencia. El humano intenta consolarse imaginando que su nombre segui-

   Diario de un demonio

rá viviendo, recordado por un puñado de descendientes, por obras dejadas a la posteridad o por una fama aparentemente imperecedera... ¡ah, vana esperanza! En pocas generaciones el olvido lo habrá alcanzado, como a todos, y en el entero mundo no quedará ninguna huella discernible de su magro legado. Aun los más verdes laureles se marchitarán con el paso de los años, los más imponentes monumentos se verán obliterados con el transcurso de los milenios y los renombres más rutilantes serán borrados de la decrépita memoria universal con el devenir de los eones. ¡Nada habrá quedado! Lo que hicimos, lo que fuimos, lo que sentimos, aquello que hemos soñado, aquello que hemos amado y aquello que nos ha amado a nosotros: ¡nada! ¿Qué es, entonces, lo que somos? La respuesta no puede ser, a la larga, sino esa misma: nada. Nada nos recordará, nada nos llorará, nada sabrá que alguna vez hemos existido. Y a eso se reduce toda la vida. El hombre aún no lo sabe, pero «nada» y «eternidad» son sinónimos. Nada perdurará: ni mi nombre, ni mis manuscritos redactados con sangre, ¡ay!, ni aun mi solitaria lápida inclinada bajo inclementes lluvias en este antiguo cementerio. La muerte física no es sino apenas la primera de nuestras muertes, heraldo de todas las que en poco tiempo la seguirán. Vivir es morir: todo nos lo dice, todo nos lo grita, todo en este mundo nos lo aúlla en nuestros rostros. Y la pregunta, entonces, permanece: ¿qué sentido puede tener, pues, la vida, aparte de ser para los gusanos lo que el ganado es para nosotros? El interrogante me persigue, prácticamente, desde que recalé en este mundo, y en vano he buscado una respuesta mientras, como un apóstol de la locura, trajinaba por la superficie de la Tierra en infructuosa espera de una razón para continuar. Nada le da sentido a vivir, y ahí vamos nosotros, intentando arrancarnos como Edipo los ojos frente a la verdad, a forjarnos una noción de trascendencia que nos tranquilice siquiera un poco: uno la encontrará en los fingidos estímulos de una vida eterna administrada por permisivos dioses de misericordia, otro en la propagación de la especie, este en una utopía social que acerque la existencia humana a la de la hormiga, aquel en el ciego y disipado disfrute de los placeres terrenos, y el de más allá en alguna actividad o pasión que consuma todo su tiempo y mantenga a su mente alejada de toda inquietud metafísica. ¡Cuán locos los afanes por mentirnos! Bien sabemos que esta presuntuosa mota de polvo que flota indiferentemente en un diminuto y olvidado rincón del inconmensurable caos cósmico, infestada momentáneamente por una especie que no tardará demasiado en desaparecer por completo, significa menos para el universo que lo que una liendre de piojo en la cabeza de un mendigo significa para un imperio. ¡Ah, pero qué consuelo convencernos de que alguien nos hizo y nos encomendó una importante misión! ¿La misión de sufrir, de soportar, de poner la otra mejilla, de matar a los blasfemos, de hacer el bien? ¡Qué importa! He aquí, por fin, una razón para no enloquecer. ¿Y quién nos dio esa misión? ¿Un panteón de deidades, un dios único y celoso, una utopía, una revolución? Tampoco importa: cualquier excusa es buena para que estos que quieren asesinar a sus semejantes lo hagan y para que aquellos que quieren hacer caridad se entreguen a ella. ¡Qué conveniente es cada farsa que se puede amoldar a todos nuestros deseos! Para eso, después de todo, las hemos inventado. ¡Ah, cuán solo se está aquí abajo en la tumba! Hasta a mí, que he vivido eternamente segregado de la humanidad, me estremece este negro silencio. Lo único que parece diferenciar a la muerte de la vida es que, a diferencia de estos otros que aquí me acompañan, los gusanos que me rodeaban allá arriba se desplazaban sobre dos extremidades y mostraban un grado infinitamente superior de insensatez. No hay nada que deplore menos que haberme alejado al fin para siempre de ellos. La pródiga mano del sepulturero ha arrojado sobre mí, tras mis soledosas exequias, un salutífero velo de tierra que desde entonces me salvaguarda, tanto como es posible, de la insoportable estupidez del mundo. ¿Qué lugar hay allí en la superficie para los que, como yo, nos hemos asomado temblorosos a la verdad y hemos visto los alucinantes hilos de esa ficción? ¿Qué lugar guarda la sociedad para los que hemos sabido desde un comienzo que la muerte era la única realidad de este mundo, para los que nunca hemos podido participar del engaño, para los que nunca hemos podido abandonarnos a los sentidos y dejar, siquiera por un instante, de pensar? Ningún consuelo ha podido ofrecer la vida para nosotros. Un demonio he sido yo entre los hombres, y menos solo estoy aquí abajo en mi sepultura de lo que he estado en medio de la multitud; el odioso sonido de risas humanas llega, desde arriba, hasta mí. Por eso, ¡adiós, vida!, ¡adiós, mundo!, ¡adiós, oh, efímero engaño de los sentidos, cruel embuste, sueño vaporoso, ridículo guiñol, fábula creada únicamente para entretener chiquillos! ¡Salvo el dolor, salvo el tormento incesante, salvo la pertinaz miseria, nada he perdido al alejarme de vuestras odiosas cadenas de esclavitud! ¡Lo que quiera que haya sido la vida, nada ha tenido que ver conmigo: mi verdadero lugar en este mundo siempre ha estado bajo las negras alas de la Muerte! Pero es hora de ir aquietando el tronar de mi lira, pues es este un sitio de reposo y mi voz podría perturbar el sueño de aquellas silenciosas legiones que me rodean y que pueblan los innúmeros ataúdes de este olvidado camposanto: los ahítos gusanos que en las tumbas circunvecinas se han echado a dormitar para digerir sus macabros manjares, y que, tras recobrar sus fuerzas, retornarán a los inmencionables festines del sepulcro y proseguirán con la sagrada tarea de transformarnos a todos en la exangüe ceniza que hemos nacido para ser. Nada encomiable de mi parte sería arrancarlos ahora de sus reparadores letargos con mis inconducentes clamores. Que en paz descansen».

¡Ah, ingrata criatura! Pocas veces he oído a fantasma alguno de los que deambulan a mi alrededor por la noche mostrar semejante desprecio por el maravilloso don de la vida, que ya habría querido yo gozar alguna vez. Fácil me es ahora identificar a mi funesto ocupante tras oír los espantosos sacrilegios que se esconden en sus lamentaciones. No sin razón el entero universo y la totalidad de la vida terrena me evitan por todos los medios y procuran mantenerse alejados de mí. Quiera la sabia Providencia que esas palabras sean las últimas con las que ese vil demonio perturbe a este hermoso mundo, que nada ha hecho para merecer el castigo de su terrible presencia, y quiera el Dios de misericordia que reina en lo alto que todo el inmensurable dolor y la sideral locura que han dictado a ese profeta del mal sus abominables letanías terminen de una vez, antes de que causen más daño, y que sus insanas estrofas de odio y desesperación encuentren aquí su necesario y cada vez más impostergable FIN.

Índice